ロバート・フロスト詩集

西に流れる川

West-Running Brook

ロバート・フロスト
Robert Frost
藤本雅樹——訳

小鳥遊書房

E・M・Fに

ROBERT FROST
West-Running Brook, 1928

目次

第一部　春の水たまり

第二部　夜よあれかし

第三部　西に流れる川

第四部　砂丘

第五部　奥地にて

第六部　僕本来の直喩

【補遺】

＊は「訳注」を示し、巻末の「注解」にまとめてあります。

第一部　春の水たまり

ほんの昨日溶けたばかりの雪から

春の水たまり

森のなかにあってなお、ほぼ完全に　空全体を
静かに映し出しながら、かたわらに咲く花のように、
これら　寒々と震えている　水たまりも
やがては　かたわらの花のように、姿を消してしまうだろう、
それも　小川や河に　さらわれてしまうからではない、
鬱蒼とした木の葉をもたらす　木の根に吸い上げられてしまうからだ。

硬く閉じた木の芽のうちに　自然を翳らせ　やがては
夏の森となる　木の葉を秘めた樹木よ——
そんな樹木に　思い改めさせよう　ほんの昨日
溶けたばかりの雪から生まれた　これら　花の

咲き乱れる水たまりや　水辺を飾る　これらの花を
蔽い隠し　飲み干し　そして　かき消そうと　その力をふるう前に。

月の自由

あなたが　そっと　髪に宝石を　あしらうように
僕は　空に傾く三日月を　農家をとりまく　霞がかった
林の上空に　とどめてみようとしたことがある。
そして　ほっそり　光沢を帯びた　その美しい月を、
ぽつりと、あるいは輝くばかりの　最高の星とともに
一個の宝石飾りのなかに　おいてみようとしたことがある。

僕は　自分の思いどおりのところで　月を輝かせた。
夜もふけたある日のこと　僕は　ゆっくり歩みながら、
曲りくねった木の枠のなかから　その月を取りだして、
滑らかに光る水面《みなも》に　かざしてみると　さらに大きく脹んでみえた、

そこで僕は　水のなかにひたしてみた、そのとき　快楽《けらく》に身をやつしてふらふら
　揺らいでいる
姿がみえたかと思うや、さっと光彩が走り、ついで　ありとあらゆる不思議なことが
　起った。

バラの一族

バラの花は　今もバラで、
昔もつねに　バラだった。
ところが　当世の学説《かんがえ》では
林檎も　バラで、
梨も、それから
杏も、おそらく、
そうなのだろう。
次は　いったい何が　バラになるのか
それを知っているのは　愛しい君だけ。
むろん、今も君は、バラの花——
昔も　つねに　そうだったけれど。

庭の螢

はるかかなたの　空一面には　ほんものの星が満ちあふれ、
そして　この地上には　螢が姿をみせている、
星ほどの大きさは　ないけれど、
（また　真実　星とは異なるものでは　あったけれど）
ときおり　星そっくりに　すばやい動きを　みせている。
だが　むろんそんな螢たちには　星の役目をこなすことなど　できはしない。

大　気 ――庭の垣根に寄せる碑文

広々とした草原に　風が吹きすさび　荒涼としている。
ところが　この古い垣根が　日焼けした頬のような色をしているところでは、
風が　その上で舞ってはいても　とても弱々しく　ふらついているものだから
大地や　何か自ら澄んだものになろうとするものを　吹き払ってしまうことが
　できずにいる、
ゆえに　ここでは　湿気や　色彩や　香が　濃くなっている。
昼間の時間が　大気を　呼び集めているからだ。

献身

人間には　陸と海を　結ぶほどの
すばらしい献身など　思いつきはしない——
たがいに　曲線を描く　ひとつの場所を　守りながら、
いつ果てるともなく　繰り返し打ち寄せる波を　数え続けるだけ。

知らぬ間に過ぎさっていくもの

宙高く　自由気ままに揺れさわぐ　木葉のなかで
ため息にも似た　むなしい声をあげるもの。
木々の陰にかくれ　光やそよ風と
戦っているおまえは、いったい何もの。

そう　とぼしい陽の光に満足し、
一枚の葉もつけずに　斑入りの　その花を、
つつましく　下に垂らしている、
サンゴネラン*より　小さいものよ。

おまえは　木の皮の　ざらついた襞《ひだ》のところに　つかまりながら、

小さくなって　茂みの下から　目をあげる、
その森の茂みからこぼれ落ちてくる　たった一枚の葉が　しだいに大きくなる、
でも　その葉のどこにもおまえの名は　記されていない。

おまえは　ほんのしばらくたじろいで　それからどこかへと消えていく、
すると森は　おまえがそのときの記念として手に入れた
あのサンゴネランの姿が　みえなくなっても　悔むことすらなく、
茂る木の葉を吹き散らしながら　今なおざわめき　揺れている。

繭《まゆ》

今宵は　みわたすかぎりの　秋霞
夕暮れの大気のなかを　ふた手に分れて　拡がりながら
新たな月を　もはや新たなものとは　思えぬほどにしている、
そして　楡の立ち並ぶ草原に流れてきて　あたりを青く包みこんでいる、
しかし　それもみな　貧しい一軒家の　それらしい
たった一本の煙突から立ち昇る　煙のしわざ、
その家は　たいそう質素で　夕方早くから明りが灯ることもなく
ひっそり　つましい生活を営んでいる、まして
夕べの片づけ仕事をするにも　幾時間ものあいだ
外にでて　あくせく働いたりする者など　ひとりもいない。
たぶん　その家の住人は　寂しい女たちなのだろう。

今こそ僕は　彼女らにこう告げたい、あなたがたは　この煙で　丹精こめて繭を紡ぎ、
そして　その糸を　この地球と月に　つなぎわたしている、
だから　いかなる冬の疾風にも　その糸をそこから
吹き払ってしまいたいと　願うことなどできはしないのだ、と——
むろん　彼女たちが　今　自分たちだけの繭を紡いでいるということを
知ってくれさえすればの話なのだが。

つかのまの光景　リッジリ・トレンス*に捧ぐ、先頃彼の『ヘスペリデス』を読んで

ときおり僕は　行き過ぎる列車のなかから　いろいろな花を目にすることがある、
でも　それらがいったい何の花なのか　わからぬままに　列車は通り過ぎてしまう。

その汽車を降りたち　踵を返して　線路ぎわに咲いていた　あれらの花が
いったい何であったかを　確かめてみたいと思うことがある。

はっきりそうではないといえる花の名を　ここにすべて並べてみる、
たとえば　それは　好んで森の焼け跡に生える雑草　でもなければ――

ほら穴の口を美しく飾る　ブルーベル　でもなく――
砂地や乾いた土地に生える　ルピナス*の花　でもなかった。

あのとき　僕の心のなかをよぎったのは
誰ひとり　目にすることのないもの　だったのだろうか?
天は　さほど近いとは思えないようなところに咲いた
あれらの花たちだけに　そっと　その御姿をのぞかせている。

たくさんの金*

海霧《きり》のかかる日をのぞけば　その町には、
いつも　砂塵が舞っていた、
そして　当時　僕たち子どもはみんな　砂塵のなかには
金がまじっていると　よくいい聞かされたものだった。

風に吹かれて　空高く舞い上がるその砂塵は　まるで
夕焼け空に浮んだ　金のように思えた、
もっとも　当時　僕たち子どもはみんな　砂塵のなかには
本当に金がまじっていると　よくいい聞かされたものだったが。

金門橋での生活は　こうだった、
僕たちは　あたり一面に舞う　金の埃を飲食《たべ》て　暮していた、
そして　当時　僕たち子どもは「みんな　金をしっかり
食べなくちゃいけないよ」と　よくいい聞かされたものだった。

一八八〇年頃

受容

夕日が　雲の上に光を投じ　赤々と燃えながら
その下の入江に　沈みかかろうとするとき、
偶然姿をみせたものの　気配に気づいて
叫声を上げたりするようなものなど　どこにもいない。鳥たちは　少なくとも
空が暗くなりつつあるのを　知っているにちがいない。
胸のなかで　静かに何ごとかを　つぶやきながら、
一羽の鳥が　ぼんやりとかすんだその眼を　閉じはじめる、
また　迷子になったある鳥は　巣から遠く離れすぎてしまい、
木立の上を　大急ぎで低空飛行しながら　帰りの時刻に
間に合うように　覚えのある木を目ざして急降下していく。
かりにこの迷子の鳥が　考えたり静かに囀ったりするにしても　せいぜいこんな

ところだろう、
「やれやれ　それでは僕だけのために　夜を暗くしよう。
先のことが誰にも　見通せぬほど
夜を暗くしよう　そう　なるがままにしておこう」

第二部　夜よあれかし

先のことが誰にも　見通せぬほど
夜を暗くしよう。そう　なるがままにしておこう

かつて太平洋の沿岸で

打ち砕ける潮が水しぶきをあげながら　ざわめいていた。
幾つもの大波が　背後にせまりくる波々を
みわたしながら　これまで一度たりとも
陸に対しておこなったことのないようなことを　海岸にしかけてやろうと
　もくろんでいた。

上空の雲は　まるできらめく眼もとにかかった
髪のように　低くたなびいていた。
誰にもわからないことではあったけれど　あのときは　海岸の背後に崖がそびえ
さらには　その崖の背後に　陸地が続いているということじたいが
まるで幸運なことのように　思えたのだ。
そう　あたかも暗い意図を秘めた一夜が、

いや　単に一夜というのではなく、あるひとつの時代が　到来しつつあるかのように
　思えたのだ。
誰かが　その猛威の到来に備えたほうがよいだろう。
神が最後に「光を消したまえ」*と告げる前に
砕ける大海の潮以上のものが　やってくるであろうから。

一八八〇年頃

なぎ倒された花

雨が　風に向かって　いった、
「君のひと押しがあれば　激しく降ってみせるよ」
そして　彼らは力をあわせて　庭の花壇を打ちつけた。
すると　花たちは　本当に　ひざまずくように、
なぎ倒されてしまった――むろん　亡くなってしまったわけでは　なかったけれど。
僕には　そのときの花たちの気持ちが　よくわかるのだ。

小鳥

これまで僕は　いっそのこと　鳥がどこか遠くに　飛びさってしまい、
一日中　家の近くで　うるさく歌ったりすることのないようにと　願っていた。

とくに　堪忍袋の緒が　切れそうになったときなど
戸口のところから　鳥に向かって　両手を大きく打ち鳴らしたりしたものだった。

ただ　僕の方にも　責任の一端があったにちがいない。
鳴き声がうるさいからといって　鳥には何の罪もなかったのだから。

そもそも　歌声を黙らせてやりたいと願うことじたいに
何か　間違いがあるにちがいない。

喪失

この風の音が　かくも深いうめき声へと
変わっていくのを耳にしたのは　何処であったろうか？
抑えのきかない扉を　開け放ったまま、
泡立つ浜辺につながる下り坂を　見下ろしつつ、
そこにじっと立っている僕の姿を　風はいったいどう思ったのだろうか？
夏が終わり　楽しい日も過ぎさってしまった。
西の空には　暗雲がもくもくと立ちこめていた。
ポーチのたわんだ床のところでは　木の葉が
くるくる舞い上がりながら　ヒューと音をたて、
やみくもに　僕の膝頭に打ち当たったり　それたりしていた。
木の葉の奏でるその調べには　何か邪悪なものが潜んでいて　きっと

僕の秘密は知られているにちがいない　と告げていたのだろう。
そう　家のなかで　僕が孤独であったという噂が、
これまで僕が孤独で　神以外に頼れるものが
何もなかったのだという噂が　どういうわけか
知れわたっていたにちがいないのだ　と。

一八九三年頃

窓辺の木

窓辺にみえる木よ　窓の木よ、
夜になれば　この上げ下げ窓も降されてしまう。
でも　おまえと僕の間には　決して
カーテンだけは　引かないでおこう。

大地から　頭をもたげてくる　おぼろな夢、
雲についで　もっとも拡散しやすいもの、
声をはり上げて　語りかけてくる　おまえの
軽佻な言葉には　深淵な意味が　いつも含まれているとはかぎらない。

だが　木よ　僕は　おまえが風を受けて　揺れ騒ぐ姿を目にしてきたのだ、

そして　もしおまえが　僕の寝姿を　みたことがあるならば、
何かに取り憑かれているかのように　うなされ
死にそうになっている僕の姿も　みたことがあるだろう。

運命の女神が　僕たちの頭を　ひとつにあわせたあの日、
女神は　自分なりの空想を　持ちあわせていたのだ、
あのとき　おまえの頭は　もっぱら外の天気に　強い関心を寄せていて、
かたや　僕のほうは　内なる天気に　心引かれていた。

平和な羊飼い

もし　天が再び活動を始め、
そして僕が　牧場の柵に寄りかかりながら
点々と散らばる星々の間に　線を引いて
色々な図柄を　描くことになったとしたら、

たぶん僕は　「支配の王冠」座や
「交易の天秤」座や　「信仰の十字架」座などを
再生の価値なきものとして
忘れてしまいたいと　思うようになるだろう。

なぜって　これらのものたちは　これまでずっと　世界を支配してきたのだし、

人間どもの戦いの歴史だって　知りつくしているのだから。
むしろ「十字架」も「王冠」も「天秤」も　すべて
「剣」となっていたほうが　よかったのだ。

藁葺きの屋根

雨の降る戸外で　ただひとり、
ひたすら　我慢くらべに　耽っていた。
ただ　あのとき僕は　ある二階の窓明りからのがれて
遠く　目の届かないところまで　離れていこうとはしなかった。
その明りは　いったい何事かと問いかけている　明りだった。
そこで僕は　明りが消えるまでは　なかに入ろうとしなかった、
すると明りのほうも　僕が入ってくるまでは　消えようとしなかった。
むろん　僕たちには　どちらに軍配が上がりそうか、
どちらが先に降参するかが　よくわかっていた。
あたりは　真暗な　視界のきかない原っぱだった。
当然ながら　寒さで　雨が　雪になっていた。

風は　レンガ積みの職人さながらだった。
ところが　不思議なこともあるもので、この古びた厚い藁葺き屋根のなかには、
かつて　夏鳥たちが　卵からかえって、
いっせいに声を上げながら餌を食べ、大きくなって巣立っていってしまった
　というのに、
今もなお　ひっそりと暮らしている鳥たちがいたのだ。
僕は　軒下に沿って歩いていったが　その軒が
とても低かったので　袖口で藁をこすってしまった、
そのせいで　穴また穴のなかから　次々に鳥たちを闇の世界に、
飛び立たせることになってしまった。このとき僕は　心に痛みを覚えた、
鳥たちの立場が　もはや安心できないものになってしまったのだ　と考えるだけで、
悲しみが　つのってきた――
彼らはもはや　二度と自分の巣を探し求めて
飛び回ることも　とまり木をみつけることも　できなくなってしまったのだ。
彼らは　自らの羽根と体の内で燃えさかる火を頼りに、

降り立っていった　あの根被いの敷藁や泥濘のなかで　じっと巣籠もっていなければならなかったけれど、
やがて　夜明けとともに　安全な身となっていったのだ。
僕は　巣やとまり木を失った彼らの身の上に　思いを馳せながら
そう考えることで　僕自身のもっと大きな悲しみを　随分和らげることができた。
そのようにして　あのときの悲しみは溶け始めていったのだ。
今彼らは　僕たちの住んでいるその小屋のことを　僕に語りかけてくるのだ、
風に引き裂かれたこの藁葺き屋根は　今なお修理されないままになっている。
幾百歳にもなるこの藁屋根は　あのとき　この身に降りかかってきた外の雨が
二階の部屋の床にしたたり落ちてくるのを　あえて防ごうともせず
今　その命をおえようとしているのだ。

一九一四年頃

冬のエデン

ハンノキ*の立ち並ぶ　湿原の冬の園、
楽園に　可能な限り近くなった　この園では、
今　兎たちが　日向にでてきて　跳ねまわってはいるけれど
雪を溶かしたり　冬眠中の木を驚かしたりすることはない。

この冬の園は　雪の平面上に存在を　持ち上げているのだ、
それも　雪下の大地より　一段高く
さらには　頭上の天に　一段近くなるように、
しかも　そこでは　去年の野の果実が　真赤に輝いている。
そこはまた　贅に耽けるやつれた獣を　持ち上げている

それも　その獣が体を伸ばせば　野生の林檎の若く柔らかな樹皮の上の
もっとも贅沢なごちそうに　手が届くようなところに、
おそらくそれは　今年一番高くにできる　帯状の傷跡となるだろう。

そこは　余りにも楽園に近いところにあるので　つがいの営みもすべてとだえてしまう。
そこでは今　恋人のいない小鳥たちが　たがいに冬の友として集い、
ただ　草木の新芽の品定めに甘んじているのだ。厚顔無恥もかえりみず　彼らは
どの芽が葉っぱで　どれが蕾かを　告げている。

羽根の生えた　金鎚みたいな鳥が　二度木をたたく。
このエデンの園の一日も　午後二時で終わってしまう。
命あるものが　目覚めとともに　戯れに興じるだけの
値打ちあるものとするには　冬の日の一時間は　余りにも短すぎるのかもしれない。

洪水

昔から　水よりも血を堰止めるほうが　ずっと難しい。
僕たちが　新しい防壁のなかに　それをおとなしく閉じこめておこうと
考える瞬間に（結局おこらせてしまうことになるのだが！）
そいつは　防壁を破ってこぼれだし　新たな殺戮を　繰りひろげる。
僕たちは　それが邪悪なものによって　解き放たれるのだといいたいけれど、
実のところ　血は　自らの力によって　我が身を自由にするのだ。
それは異常な高さにまで引き上げられ　大洪水となって
すさまじい勢いで　突進していく。
勇敢な血も　そうでない血も　出口を見出すことになるだろう。
戦争の兵器も　平和の手段も　ともに
単なる一瞬の点にすぎず　そのときどきに　血は慰藉を得ることになる。

そして今　かつて流れ過ぎていくときに　木の葉の天辺に
しみを残していったその血が　再び打ち寄せる大波となっている。
ああ　また血が流れでてくるだろう　血を抑えることなどできはしないのだから。

夜に親しんで

僕は　夜と親しくしてきた人間《もの》。
かつて僕は雨の日に散歩にでかけ――そして雨降るなかを　戻ってきたことがあった。
僕は　一番遠くの　あの街明りがみえなくなるところまで　でかけていった。

僕は　こよなく悲しいその街の路地を眺めわたした。
巡回中の夜警のそばを通り過ぎていくとき
僕は　口をきくのがいやだったので　伏し目がちに　歩いていった。

別の通りのずっと遠くのほうから　家並を越えるようにして
とぎれとぎれに　叫び声が　聞こえてきたとき、
僕は　思わずじっと立ち止まって　足音をころした、

だが　それは　僕を呼び戻す声でも　別れを告げる声でもなかった。
おりしも　遥か彼方の　気の遠くなるような高みでは
ひとつの夜光時計が　空を背にして
今は　悪くも　良くもない時間だと告げていた。
僕は　夜と親しくしてきた人間。

第三部　西に流れる川

西に流れる川

「フレッド、北はどっち？」
　　　　　　　　「北？　北はあっちだよ。
この川は西に流れているんだ」
　　　　　　「じゃあ『西に流れる川』と呼びましょう」
（今日まで人々は　その川を「西に流れる川」と呼んでいる）
「この地方の他のすべての川が　海に辿りつこうと
東に流れているなかで　この川は　西に流れながら
自分が何をしていると　思っているのでしょうね。この川は
きっと自信をもって　反対方向に流れているにちがいないわ
私にはあなたが――あなたには私がいるのと――同じようにね
なぜなら　私たちは――私たちは――私たちが何なのか　よくわからないんだけれど

いったい私たちは何なのでしょう？」
　　　　「若いか　あるいは新しいかってとこかな？」
　　　　　　　　「私たちは何かのはずよ。
私たちはふたりだって　いってきたわよね。それを私たち三人と変えてみましょうよ。
あなたと私が　おたがいに結婚しているように
ふたり一緒に　この川と結婚しましょう。
その上に橋を架けましょうよ　そして　その橋は
川のかたわらで眠りながら　その上に渡された　私たちの腕ということにしましょう。
ほらほら　みて　私の話を聞いてることを　知らせようと
川が波を立てて　私たちに挨拶してるわ」
　　　　　　「おや　おや
あの波は　この岸の突きでた先端のところで　淀んでいるだけなんだよ——」
(黒い流れは　水面下の岩につかまりながら
　後方に飛びこんで　白い波を立て

そして　白い水は黒い水に乗って　得ることもないかわりに
失うこともなく　弛まず流れていく、まるで鳥のようで
もがくその胸からこぼれた　白い羽毛が
暗い流れに　斑点をしるし　またあの突端部の下流の
さらに暗い淀みを　まだらに染めながら　ついには折り重なるように流されていき
彼方の岸辺の楡の木立を背に　白いスカーフのようになっていく）
「あの波は　この岸の突きでた先端のところで　淀んでいるだけなんだよ
僕がいいたかったのは、天で川が創られて以来
ずっとね。あの波は　べつに僕らに挨拶しているわけじゃない」

「そうではなかったとしても、やはりそうだったのよ。あなたにでないとしたら
この私に対してよ——何かのお告げとしてね」

「ああ　君がこの川の話を女人の国
いわゆる　アマゾン族の国のようなところに持っていくというのなら

僕ら男性は　君たちを国境まで見送っていき
そこに置いてくるしかない。僕らは立ち入り禁止だからね――
これは君の川なんだね！　僕にはもうこれ以上いうことはないよ」
「いいえ、あなたにもいいたいことがあるはず。さあ。
何か考えていたことがあるんでしょ」
「正反対のものについていえば　川があのように白い波を立てて
自分と反対の方向に流れている様子をみてごらん。
僕たちは　他の生き物から生まれるより　ずっと　ずっと以前に
水のなかの　あのようなものから生まれてきたんだ。
僕らはここで　その足取りにいらいらしながら
様々な始まりの始めに　流れさるすべてのものの流れに
戻っていこうとしているんだ。
存在とは〈ピルオとピルエット〉のように
永遠に　ひとつの場所で　じっと立ったまま踊りながら
それでも　走りさっていくものだ　という人もいる。

つまり　それは　真剣かつ悲しげに　走りさり
混沌のうつろを　空虚さで　満たすのだ。
それは　僕らのかたわらの　この川の水のなかを流れながらも
僕らの上を　流れていくんだ。それは　僕らの間を流れ
狂乱の瞬間に　僕らを分断してしまう。
それは　僕らの間や　僕らの上や　僕らと共に　流れていくんだ。
それは　時間であり力であり　音であり光であり　生命であり　そして愛なんだ――
さらには　非実体的なものへと衰退していく　実体でもある。
また　それは普遍なる死の奔流であって
この奔流は　尽き果てて無となってしまう――しかも
それ自身のなかの　ある奇妙な抵抗によってでなければ
つまり　単なる回避というのではなく　まるで後悔がそのなかに存在し　後悔が神聖
　なものでもあるかのように
逆戻りするという行為によってでなければ　抗うことのできないものなんだよ。
それには　このように逆戻りして　自らの上に跳び乗る力があり

そうして　そのほぼ全体の落下運動が　いつも
少し持ちあげたり　少し引きあげたりするんだ。
僕らの一生は　時計を引きあげることで　流れていく。
川は　僕らの一生を引きあげることで　流れていく。
太陽は　川を引きあげることで　動いていく。
そして　太陽を引きあげる　何かがあるのだ。
僕らが　たいてい　自分自身をみるのは
流れに逆らい　源に向かっていく　この遡行運動によってであり
それは　源に対して　流れが払う尊敬の証しなんだ。
僕らが生まれてくるのは　まさに自然のなかのこうした力から。
それが　おおよそ　僕らという存在なんだ」
「今日は　あなたがそういうことを語った
記念日になるでしょう」
「いや　今日は　君がこの川を
『西に流れる川』と呼ぼうといった記念日になるだろう」

「じゃあ　今日は　私たちふたりが語ったことの記念日としましょう」

第四部　砂丘

砂丘

波は　緑に濡れていた、
だが　それらの波が　消えていくところから
さらに大きな別のものが　立ちあがってくる、
そして　そこは　茶色く　乾いている。

それは　海が作った陸地で
その漁師町を目指して
海には　溺れさせることが　できなかった人々を
ぎゅっと目のつまった砂で　埋め尽くそうとしている。

海は　入江や岬のことを　よく知っているかもしれないが、

もし　形を　変えることで
人の心を　断ち切ってやろうと　願っているのだとしたら
海には　人間というものが　わかってはいないのだ。

人間は　海に　船を沈めさせたり、
小屋を沈めさせたり　することができる、
ならば　もうひとつの　打ち捨てられた貝殻のために
もっと自由に　考えさせてやろうではないか。

大犬座

偉大なる　天界の犬よ、
片方の目に　星を抱いた
あの天上の獣は、
東の空で　飛び跳ねる。

彼は　直立姿勢で　踊りながら
ずっと　西に向かって進んでいく
そして　一度たりとも
前足をおろして　休んだりはしない。

かたや　僕は　哀れな下界の犬、

しかし　今宵は僕も　吠え叫ぼう
暗闇のなかを　快走する
あの偉大なる　天界の犬とともに。

ある兵士

今の彼は　朽ち折れたあの槍の姿そのもの　投げ放たれたままに身を横たえて、
もはや　なん人の手に取り上げられることもなく　露に漏れ錆びついている、
それでも今なお　土を耕すように　弛まず狙いをつけて静かにその身を横たえている。
そんな槍に目をあてて　世界中に狙いをつける僕たちが、
これまで槍の標的となるにふさわしかったものを　もはや見出すことがないとすれば、
それはひとえに　この僕たちが　たがいに近すぎるところにいる人々のように、
友軍ミサイルの照準を　天空にあわせていながらも、
つねに　そのミサイルの描く軌道が短くなりすぎているのを　忘れてしまっているからだ。
落下し　草原を引き裂き　曲がりくねった地平線と
交錯し　閃光を放って　炸裂するミサイル、
そんなミサイルの金属の先端部分を目の前にして　僕たちは墓石の上で思わず

すくんでしまう。

だが僕たちは知っている、その肉体を阻み躓かせた障害が
今　これまでいつもはっきりと目にみえ　輝いていたどんな標的よりも
さらに遥か彼方にある　その魂を射とめたのだ　ということを。

移民たち

帆を張り　蒸気を上げて航行しながら　人々を集めて
次々に　我々のもとに送りこんできた船は　もういない
だが　巡礼者を乗せた　あのメイフラワー号は　今でも
夢のなかで　この国の海岸に　不安な護送を続けている。

ハンニバル

かつて　徒労に終わった目的など、
いく久しく無駄に費やされた目的など　あっただろうか、
あるいは　時間《とき》のうつろいとともに　青春と歌の流す数多《あまた》の涙にとって
あまりにも空しくみえるような　そんな目的などあっただろうか。

花船

漁師が　村の床屋に髪の世話をしてもらいながら
ホラ話を　とりかわしている、
かたや　家と納屋の間のすみっこのところでは
漁師の遠洋漁業船が　港をみつけて休んでいる。

船は　錨を降ろして　日当りのよい芝地に停泊している、
それは　かつて風が吹き荒れているときに　ジョージズ・バンク*から
鱈を積んで　帰路に向かっていた頃と　同じように
今では　ニシキギンポ*よろしく花をいっぱい積んで　膨れ上がっている。
そして僕は　あの楽土*への輸送を目にして　こう思う

彼らが求めているのは　もっと荒々しい天候であり、
船や船長たるものは　運命に従って　ともに「幸福の島々」を探すために
これからも航海を　続けていくであろう　と。

最初期の作

第五部　奥地にて

かけ算表

山道を　半分以上　登ったところに
欠けたコップの置かれた　泉があった、
そして　その場所を　みつけると
農夫が水を飲もうが飲むまいが　おかまいなしに　雌馬は
土塁のところまでやってくると　かならず車輪の向きを急に変えた、
それから馬は　星印のあるその額をくるりと背け、
肋骨をぴくつかせながら　凄い溜め息をついた。
そんな馬に向かって　農夫は　よく次のように　応じたものだった、
「息をするたびに　溜め息ばかりついてやがる、
そうやって溜め息をつくごとに　あの世に近づいてるんだぞ
いつも女房にいってるんだが　それが

命のかけ算表ってもんだ」と
この話は　もしかすると　大いに真実であるかもしれない。
しかし　僕たちの狙いが　災いを及ぼすものではないにせよ、
それは　あなたや　僕や　他の人が　決して口にしたり
しないかもしれない類の　言葉なのだ、
しかも　道を閉ざし　農場を捨て、
人類の誕生を抑え　さらに　人間の居場所に
自然を回復させるのに　これ以上よい方法がないのを
僕は　よく承知しているのだ。

投資

ずっと奥まったところで　彼らは　人生をじっと動かないものとして語る、
（みなさんには　そんな人生など　生き生きとしたものとは　いいがたいかもしれない
　というのも　そんなのは　生きた人生ではないからだ）
そこにはペンキを塗り直したばかりの　古い　古い家があり
なかでは　ピアノが大きな音を立てて　鳴っていた。

寒さのなか　外の耕された畑には　掘りおこされた
ジャガイモに囲まれて　ひとりの農夫がじっと立ったまま
丘の上で　家々の冬の夕餉の数を　かぞえていた、
元気溢れるピアノの調べに　半ば耳を傾けながら。

あの奥まったところにあるものといえば　例のピアノと塗り替えたペンキだけ、
いくらかの金が　急に舞いこんできたから　ということなのだろうか？
それとも　若い愛が　贅沢というに足るものを　求めていたからなのだろうか？
それとも　老いたる愛が　衝動に駆られて　そう——

ただの夫婦に　成りさがってしまいたくはないからというのではなく、
人生から　なにがしかの彩りや音楽を得たいと願う気持ちからなのだろうか？

最後の草刈り

「遙かなる牧草地」と呼ばれている場所がある
だが　僕たちは　ふたたび　そこで草刈りをすることはないだろう、
いや　この農家で交わされているのは　こういう話だ、
あの牧草地は　人間との関係を絶つことになる。
だから　草を刈ったり　土を耕したりする人たちに　立ち向かうことのできない
花々にとっては　今が　絶好の機会。
草刈りをしないと木々が生い茂ってくるから　そうならないためにも
その木々が　開墾地を目にして　歩みだし、
木陰を作って　そこの所有権を主張したりしていない　今の、
今こそが　絶好のときに　ちがいない。
僕が恐れるのは　木々だけなのだ。

なぜなら　花々は　その暗がりでは　花を咲かせることができないから。
僕が恐れるのは　もはや　人間たちではない。
その牧草地は　人のいいなりになるのを　やめたのだ。
さしあたり　その場所は　僕たちのものであり
その命を消耗しながら　猛々しく咲き乱れる
君たち　ああ　騒がしき花々のために　とっておいてあるのだ、
様々な形をした　色とりどりの　花々よ、
もはや僕には　君たちを　名前で呼ぶ必要などないだろう。

生まれ故郷

山の斜面の　あらゆる希望があった場所より
さらに遙か上方の　この場所で、
かつて僕の父は　泉を掘りおこして　周りに囲いをこしらえると、
すべてのものの周りに　柵を巡らし、
地面に草が茂るのを　抑えながら、
僕たちが　いろんな生活を　送れるようにしてくれた。
僕たちは　一二人の　女の子や　男の子であった。
その山は　動き回るものが　好きだったらしい、
そして　ほんの束の間　僕たちのことを——
いつも　その笑みのなかに　何かを湛えながら。
今では　その山も　僕たちの名前など　覚えてはいないだろう。

（もちろん　女の子の名前は　同じままではないけれど。）
山は　僕たちを　その膝の上から　押し出したのだ。
そして　今や　その膝の上には　木々が　一杯生い茂っている。

第六部　僕本来の直喩

「ミネルヴァの七つの智慧*」

暗闇のなかのドア

暗闇のなか　部屋から部屋へと　移動するときに
僕は　顔を守るため　やみくもに　手を伸ばし、
ほんの少しとはいえ　指を組みあわせて
両腕をアーチ型に固めるのを　つい怠ってしまった。
すると　薄っぺらなドアが　警戒する僕の手をかいくぐって、
頭に激しく　ぶつかってきたものだから
僕本来の直喩が　傷つけられてしまった。
このように　人と物とは　もはやかつてのように
仲良く　手をあわせたりは　しなくなってしまった。

目の埃

もし　誰もがいうように　目に飛びこんできた埃のせいで
僕の話が　インテリぶったものにならずにすむ　というのなら、
決して　僕は　その論拠を退けたりするような　人間ではない。
だから　そんな埃に代わって　吹雪よ
屋根や　家のかどのあたりで　好きなだけ　激しく吹きまくるがいい、
そして　必要とあれば　この僕の目をくらまし、
じっと　立ちすくませてくれてもいい。

明るい日射しのなか茂みのそばに座って

今日　ここで　こうして手を広げてみると、
親指と他の指の間で　確かめられるのは
ただ　日の光だけ。
でも　その感触は　いつまでも留まってはくれない。

かつて　一度　それも　たったの一度だけ
実際に　塵がこのお日様の光を　飲みこんだことがあった。
そして　その一度きりの　熱の吸収のおかげで、
すべての生き物が　今でも　暖かな呼吸を続けている。

さらに　人類が長い間　見守り続けながらも　これまで

お日様に打ちすえられた　ねば土が　再び生き返って　這い出すのを
ついぞ　みたことがないとしても、
我らは　嘲り笑うようなまねを　してはいけない。

かつて神は　我は真実なり　と　一度お告げになった後
ベールを手に取って　お隠れになってしまわれた、
そして　その昔　この茂みに　最後の静けさが
どのように訪れてきたかを　思い出すがよい。

かつて　神は　名指しで人々に　話かけられた。
かつて　太陽は　火を　分け与えてくれた。
今ひとつの推進力が　我らの息として、
さらにもうひとつのそれが　信仰として　生き続けている。

ひと抱えのもの

身を屈めて　手荷物を　つかもうとするたびに
両腕と両膝から　何か他のものが　こぼれて、
瓶や　ロールパンの手荷物の山全体が　するすると滑り落ちていく——
手足に　一度に多くのものを収めるのは　むずかしすぎる、
だが　僕はそこに　ひとつたりとも　残しておきたくはなかった。
必要なら　手と頭と心など　味方にすべき
すべての手段を使って　その荷物の山を
胸もとで　うまく支えられるよう　最善をつくすつもりだ。
荷物が落ちそうになると　しゃがみこんで　それを防ぎ、
その荷物のまんなかに　座りこむ。
こうして　僕は　ひと抱えの荷物を　路上におろし

何とか運びやすい形に　積み直さなければならなかったのだ。

騎手たち

この世でもっとも確かなことは　僕たちが騎手であり、
あまり　うまくいったためしはないものの　与えられたすべて――陸と海と、
さらには　この空――のすみずみにいたるまで
僕たちが　乗っかっているものの導き手である　ということだ。

この地球に　鞍なしで　乗っかること以外に
こうした話題の誕生の神秘など　いったい何だというのだ？
今僕たちの目には　あの幼児が　まっすぐ馬にまたがって、
もじゃもじゃの毛のなかに　その小さな拳《こぶし》を埋めている姿がみえる。

この世には　僕たちの極めて放縦な乗り物――頭のない馬がいる。

しかし　馬勒をはずすと　コースからそれて　駆けていき、
僕たちが　いくらご機嫌とりをしても　無視されてしまうように　思えるけれど、
それでも　僕たちなりに　今まで試したことのない名案が　いくつかあるのだ。

ふと星座を見上げると

浮き雲や　疼く神経のように伸び広がる　あの北極光の遥か彼方の天空で
何か　たくさんのことが起きるかもしれない　と　期待していると
ずいぶん長い間　待ちぼうけをくわされることになるだろう。
太陽と月は　交差しはするものの　接触することもなければ、
火花を散らしあうことも　激しい音を立てて衝突することも　決してない。
惑星は　互いの軌道の上で妨げあっているようにみえるけれど、
決して　何の問題も　何の危険も　生じたりはしない。
僕たちも　我慢強く　さらに人生を送りながら、
星や月や太陽ではなく　何処かほかのところに　自分たちを正気に
保つのに必要な　刺激や変化を　探し求めたほうがよいだろう。
なるほど　どんなに長い干ばつも　最後には雨を迎え、

中国で　もっとも長く続いた平和も　抗争のうちに　終焉を迎えることになる。
だから　自分に都合のいい時間に　ひっそりとみているときに　もしかすると
天空の静けさが壊れるのを　目撃できるかもしれない　と期待して
起きていても　結局報われることはないだろう。
あの静けさは　どうやら今宵も　ずっと無事に続きそうな気配がするからだ。

熊

雌熊は　頭上に聳える木の周りに　両腕をまわして
まるで　その木が恋人でもあるかのように引き寄せ
その桜色の唇に　さよならの口づけをする、
それから　手を放して　木を空に向かって直立させてやる。
次に熊が歩き出すと　石垣の上の　丸石が揺れる
(この秋に　田野を横断するつもりなのだ)。
その重い体重のせいで　彼女が楓の木立の間を突進していくとき
つぼ釘で留めた有刺鉄線が　きしみ、
その後　鉄線の刃先には　彼女の毛の房が残る。
檻から解放された熊の進行とは　まさにそのようなもの。
この世界には　熊に自由を味わわせてやれるだけの余裕が　まだ残っているのだ、

ただ　君や僕からみれば　宇宙は窮屈なものに思えるだろうが。
人間の行動は　檻に入れられた哀れな熊に　より近く、
一日中　いらいらと　胸につのる怒りと戦いながら、
理性が指し示してくれるすべてものを　意固地にはねつけているのだ。
たえず人間は　行きつ戻りつしながら　休んでつま先の爪音や足を引きずる音を
　決して止めたりせず、
心の波動の片端には　望遠鏡、
もう一端には　顕微鏡、すなわち
ほぼ同じような願いを叶えてくれる　これらふたつの装置を据えつけて、
連動し合う空間をたえず造りだそうとしている。あるいは　科学の歩みを止めて
　休息をとる場合も、
それは　単に　深く椅子に腰を沈めて　どうやら
両極にある　ふたつの形而上的問題を解こうと　頭を回して、
九〇度あまりの円弧を　描いているだけにすぎない。
このように人間は　鼻先を上に向け（場合によっては）

目を閉じて　自分の対象の上に　どっかり座りこみ、
（信心深そうな姿にみえるけれど　本当はそうではない）
顔を左右に　何度も揺すりながら、
一方で　あるギリシア人の考えに同意したり、
また一方で　もうひとりのギリシア人に同意したりしているのだが、
結局　どちらを考慮にいれればよいものやら　ただ　いわゆるというほかないのだ。
座って働いているときも　歩き回って働いているときも
だぶだぶした姿というものは　同じように　痛ましいものである。

【補遺】

美しきものにはお好きなように

その声はいった、「彼女を　下に投げ落とせ」

すると　他の声たちが　尋ねた、「どれくらい下に?」

「世界の七つ下の段階にだ」

「どれくらい時間をかけて?」

「二〇年だ。

彼女は　富と名誉が保証された愛を　あえて拒否しようとしたのだ。
美しきものは　選り好みするっていうじゃないかね？
だから　そんな連中には　好きにさせてやればいい」
「じゃあ　彼女に　好きにさせてやろうというのですか？」

「そう　彼女にだ。
だから　彼女が好む以上の仕事に取りかかるんだ」

みえない手が　彼女にのしかかろうと
その肩に　どっと押し寄せてきた。
ところが　彼女は　真っ直ぐ静かに　立っていた、
大きな丸いイアリング――真珠のついた　金と黒玉のイアリングや、
丸く大きい太陽のようなブローチを　身につけ、
両頬を　赤く染め、
さらに　誇らしげで　友人たちの自慢のたねとなっていた。

最初の声がいった、「君たちは　彼女の好きに選ばせてやってくれるかね？」
「ええ、できますよ　さらには　意気揚々とさせてやることも」

「いろんな喜びを使ってそうしてやってくれ、そして彼女を咎められるところのない
　人間にしてやってくれ。
まず最初の喜びは　彼女の婚礼ということにしてやるのだ。
ただし　婚礼とはいっても、
それは――そう　彼らにしか　彼と彼女のふたりだけにしかわからないものだが。
それから　次の彼女の喜びは
彼女が悲しむことになっても　その悲しみを秘密にしておくことにある。
なぜなら　友人たちは　彼女の悲しみのことを何ひとつ知らず　ただ恥ずかしさの
　せいにしているだけだから。
第三の喜びは　現在彼らが知りたくてうずうずしているのをよそに、
自分たちが　人のことをいろいろ思いやったり　かまったりできないほど

遙か遠くの喜びの世界に移り住んでいる　というものだ。
第四の喜びとして　彼女の両膝に　子どもをひとりずつあてがい
彼女が昔いかに　燦然と歩いていたかを　一度　一度だけでいいから、
その子たちが忘れないように　教えてやり　そして冬の暖炉の明かりのなかで、
彼らにその姿を　みせてやれるようにすればいい。
ただし　彼女に　友人たちをあてがってやるのだ、なぜなら彼女は　むかし
友人たちから疑いの目でみられたせいで　話す勇気をなくしてしまっているから。
だから　彼女の次の喜びが　こんな風になるようしむけてやるのだ、
つまり　彼らに語りかけようとしなかった　これまでの彼女の生き方そのものがそう
　　なのだと。
もっともみすぼらしい者たちのなかにあっても　彼らの目に彼女が
彼らほどではないと　思えるようにしてやるのだ。
これまでのいきさつを　知ってもらえる望みもなく、
現在のその姿では　愛されることもなくなった　彼女に、
六番目の慰めとして　彼女が　あまりにも高貴な生まれであったがゆえに

97　【補遺】

もはや学ぶには手遅れとなってしまった生き方にまで　その内気さがゆえに
身を落とすはめになったのだということを　悟らせてやるのだ。
それから　彼女に目を向け　どこの出身の方だろうと考え、
さらに　言葉をかけて　彼女が聞いている間に　ここに至った彼女のいきさつを
不思議に思いつつも　ゆっくり彼女の身の上話につきあってあげられる時間のない、
そんな相手を　彼女にあてがってやるのだ。
最後の喜びは　彼女の心が　その人に注がれて
口を開くようになる　といったぐあいにしてやるのだ。
わかったかね――以上　全部で七つ」

「おまかせください」と　他の声たちは答えた。

五〇年が語ったこと

僕が若かったころ　僕の先生たちは　老人だった。
僕は　形をえるために　炎をあきらめ　そのまま冷たくなっていった。
僕は鋳物にされる金属のように　苦しんだ。
僕は　学校に通って年をとり　過去を学んだ。

僕が年老いた今　僕の先生たちは若者だ。
鋳造できないものは　粉々に砕かなければならない。
僕は　その縫いあわせを始めるのにふさわしい教えにこだわり続けている。
今僕は　学校に通って若くなり　未来を学んでいる。

卵と機関車

彼は　憎しみをこめて　その硬い線路を蹴った。
すると　ずっと遠くのほうから　カチッカチッという音が　一度、
さらにもう一度　返ってきた。彼にはその暗号がわかっていた、
自分の憎しみに　機関車が刺激され　こちらに向かってきているのだと。
願わくは　線路だけが相手のときに
こん棒か石で　それを攻撃し
機関車が脱線して　溝に落っこちるように、
ある箇所を　若枝のように　押し広げてやりたいと　彼は思った。
今となっては　手遅れだったが　そうなったのは　自業自得。
線路の音が　だんだん近づいてきて　ガタガタと大きくなってきた。
それは　まるでスカートをはいた馬のように　突き進んできた。

(彼は　吹き出す蒸気が怖くて　かなり後退して　突っ立っていた)。
そのとき　あたりは　凄まじい大きさと、
混乱に　すっぽり包まれ　機関車の神々に向かって
彼がはりあげた声をかき消す轟音だけが　しばらく続いた。
やがて　砂丘は　ふたたび　穏やかになった。
このとき　旅人の目が　亀の足跡を　捉えた、
点々と続く足跡の間には　尻尾の筋がついていて、
その跡をたどっていくうちに彼は　ぼんやりとはしているが
明らかに　亀の卵が埋まっているとおぼしき形跡を　みつけたのだ。
そして　あまり手荒くしないように　一本の指を差しこんで探っていくと、
疑わしい砂地を　発見した、間違いなく
そこは　小さな亀の鉱脈のある場所だった。
なかに卵がひとつでもあれば　そこには九つはあるはず、
魚雷のような形をしていて　ザラザラした革のような殻でおおわれ、
どれもが砂に閉じこめられたまま　合図のラッパが一斉に吹き鳴らされるのを待っている。

「僕を　これ以上　悩ませたりしないほうが得策」
彼は遠くに向かっていった、「戦いの装備は整っているぞ。
今度　ここを通り過ぎるだけの勇気ある機関車には
そのゴーグルのレンズに　このぬるぬるの液を　浴びせてやるからな」

【注解】

当初単行版『西に流れる川』は、Ⅰ春の水たまり（Spring Pools）、Ⅱ夜よあれかし（Fiat Nox）、Ⅲ西に流れる川（West-Running Brook）、Ⅳ砂丘（Sand Dunes）、Ⅴ奥地にて（Over Back）、Ⅵ僕本来の直喩（My Native Simile）の六つのパートで構成された詩集でした。ところが、一九三〇年の『ロバート・フロスト詩集』（*The Collected Poems of Robert Frost*）では、最後に置かれた『西に流れる川』から六つのパート分けがなくなり、新たに「美しきものにはお好きなように」、「五〇年が語ったこと」、「卵と機関車」の三篇が加えられることになりました。その結果、現在私たちが目にする『西に流れる川』は、実は当初の構成とは異なる形で改編されたものになっているのです。

第一部

◉「春の水たまり」（"Spring Pools"）

初出は一九二七年四月二三日の『ディアボーン・インディペンデント』誌。

第一部〈春の水たまり〉の表題作となっているこの作品は、フロスト詩のなかでもっとも完成度の高いもののひとつです。この作品が執筆されたのは、一九二五年の初春、ミシガン州アン・アーバーにおいてのことでした。当時フロストは、ミシガン大学から招かれ、「在留詩人」として特別の待遇を受けながら、表面的にはかなり恵まれた詩人教師の生活を送っていました。ところが、そうした恵まれた環境にあっても、内面的にはさほど平穏であったわけではなく、折にふれ住み慣れたニューハンプシャーやバーモントでの田園生活に対する強い郷愁の念に駆られることもあったようです。また、マサチューセッツ州ピッツフィールドに住む三女マージョリが病に倒れたために、急遽妻のエリノアがその看病で家をあけることになってからのフロストは、周囲の人々が危惧するほど、かなり孤独で不規則な生活を送っていました。このような閉塞的な心理状況のもとで書かれたのが、「春の水たまり」という作品なのです。

この作品の解釈については、批評家によって方法が異なりますが、たとえば、F.レントリッキアは、心理学的分析批評をもとに、フロスト詩における幾つかの代表的なイメージ群の象徴性に焦点を当てています。彼によれば、「春の水たまり」を含め、「本領をめざして」、「雪の夕べ森辺に佇んで」、「荒涼とした場所」、「入り来たれ」にみられる「森」のイメージの多くは、「フロストの心象風景のなかに自我の破壊的な衝動を放射する」ものと解釈されています。さらにレントリッキアはこの問題に触れて次のように語っています。

> 森は不合理なものを表わす隠喩である。我々は、郷愁を呼び起こすような、高遠でロマンティックなエマソン流の信念を抱きながら森に入ることで、主体と客体のあいだに生じる有機的な相互作用を通じて、自我の活発な精神的中心点を発見できるということを想起するかもしれない。しかし、フロストの場合は、この問題に関して決して我々

を満足させてはくれないだろう。

彼の暗い森のなかでは、自我は呪われこそすれ、決して救われることなどない。なぜなら、そこで覆いを取られ、解き放たれるかもしれないものは、まさに我々のなかにもある、しっかり押さえておかねばならないすべてのものであるからなのだ。

フロストの暗い森に踏みこんでいくことは、意識の奥底に飛びこむことであり、人間とのあらゆる関係から身を引くことであり、さらには我々の内面的世界の果てしない領域に迷いこんでいくことでもあるのだ。そこでは、煩雑でときには危険な集団社会の外的な圧迫から逃れることはできるが、同時に自我は自らが己自身の危険な衝動に直面しているということにも気づかされるのだ。

(『ロバート・フロスト――現代の詩学と自我の風景』一九七五年、八八頁)

ここに描かれた風景は、「純粋な自然詩」の世界ではなく、極めて暗示性の強い詩人の内面の風景を映す象徴的世界と考えてよいでしょう。雪どけ水や雨によってもたらされた春先の森のなかの幾つもの水たまりが、知らない間に姿を消してしまうのは、川のような目にみえるはっきりとした力によってではなく、土中に埋もれた周囲の樹木の根に吸い取られてしまうからだと詩人は冷徹な観察をもとに歌っています。自然のもたらしたつかの間の生命〈水たまり、花〉が、来るべき生命〈暗い森〉の犠牲となっていく様に、詩人は自然の暴力を読みとり、そこに生命の皮肉と悲哀を感じているのでしょうか。第二連にみられる詩人の警告の声は、いわばこの生命の交代の瞬間に、ともすれば見過ごされがちな自然の象徴的な顔が隠されていることに注目し、より卑近な意味レベルにおける、人間社会の問題へと読者の心を誘《いざな》っていこうとしているのでしょう。

本来誕生と無垢と喜びの季節であるはずの春が、不気味な暴力を象徴する「暗い森」のイメージに結びつけられているという点において、「春の水たまり」はT・S・エリオットの『荒地』第一部「死者の埋葬」の有名な冒頭の一節「四月はもっとも残酷な月／死せる土地からライラックを育み／記憶と欲望を混ぜあわせながら／鈍くなった根を春の雨で掻き立てる」を連想させるといってよいかもしれません。ともかく、やや穿った見方かもしれませんが、ここにある「暗い森」は、自己内部の「破壊的な衝動」とみるかどうかは別として、少なくとも外界との交渉をはばむ閉鎖的ないし閉塞的な世界として、詩人の心に潜む排他的な自我の原風景をも暗示しているように思えてなりません。

◉**「月の自由」("The Freedom of the Moon")**

初出は本詩集。

この作品には、どことなくファンタジーの世界を思わせるような趣が漂っていて、物語全体が夢とも幻ともつかない不思議な空気に包まれています。しかし、一見捉えどころがなさそうにみえながらも、ここにはフロストの詩人としての自らの姿勢に対する風刺や批評的精神の在り方などが示唆されているのです。

第一連において詩人は、女性が身を飾るように、現実と遊離したロマンティックな夢の世界に浸りながら、自分の心を慰め充してくれる装飾品として月をみていた過去の自分の詩作態度について語っています。こうしたかつての詩人の姿には、もしかすると初期の頃のフロスト自身の姿が重ねられているのかもしれません。第二連冒頭の「僕は　自分の思いどおりのところで　月を輝かせた」という言葉には、自己の詩人としての傲慢な態度や自分の殻に閉じこもるあまり、現実と夢との境を見失った詩人の盲目性に対する自己風刺的な意味合いが隠されているのでしょう。とりわけこの詩全体を支配する夜の風景には、「春の水たまり」の「暗い森」や「繭」および「夜に親しんで」にみられるそれと同様、詩人自身の心のなかに広がっている自己閉塞的な闇のイメージへの暗示があるとみてよいでしょう。そして、この闇のなかに閉じこもって自己の消極的な想像の世界に陶酔していた詩人が、ある日突然新たな詩の方向や詩人としての在り方を見出すことになったのでしょう。これまで身勝手に月を操ってきた詩人に対して、月はその隷属の鎖を断ち切り、本来あるべき真の姿に戻ろうとします。そのとき、詩人の目に映った月の姿は、今までのそれとはまったく異なる様相を呈するようになるのです。この変化は、詩人自身の新たなる覚醒を物語っていると同時に、独りよがりな過去の姿勢に対する自己風刺にもなっているといえるでしょう。月の自由とは、おそらく詩人の身勝手な想像力によって縛りつけられてきた月が、詩人の想像力から解放されて本来の姿に戻ること、つまり自意識過剰な肥大した自我からの詩的真実の解放を示しているのでしょう。その意味で、「月の自由」は、ロマンティックな逃避型の詩人から現実直視の詩人へと発展していく自らの成長過程を歌いこんだ抒情的告白詩として、この時代のフロスト詩の方向を示す作品のひとつになっていると考えてよいでしょう。

◉「**バラの一族**」(“The Rose Family”)

初出は一九二七年の『イエール・レビュー』誌および『ロンドン・マーキュリー』誌。

絶対的価値の失われた現代社会における詩人の役割を、恋愛詩の形を借りて、ユーモラスに歌った作品です。さらには、現代社会の混沌とした事物の相対的な価値観に対する詩人の批評的態度を読みとることもできるでしょう。また、メタフィジカルな内容を持つこの「恋愛抒情詩」は、一見平板にみえながらも、その背後にフロスト的芸術ヴィジョンを忍ばせる二重構造を持つ作品といえるかもしれません。たとえば、J・D・スウィーニとジェイムズ・リンドロスは、この作品を次の様に分析しています。

この詩は、事物の価値がしだいに相対化してきた世界における美についての注釈となっている。梨や林檎がバラであると主張する考え方は、この相対的な考え方の見本である。先ず冒頭において語り手は、バラはバラ以外の何ものでもないのだと仄めかすことによって、その考え方に異議を唱えているのである。最後の語りの部分において語り手は、バラやバラの美しさと同種のものと認められているひとりの人物に語りかけることによって、この詩に新たな拡がりを与えている。この最終部を通して、この詩は美しい恋愛抒情詩となっているのである。(『ロバート・フロストの詩』

一九六五年、五五—六頁）

〈4～6行目〉林檎、梨、杏　いずれもバラ科の樹木。

◉「**庭の螢**」（"Fireflies in the Garden"）

初出は本詩集。

夜空に燦然と輝く星々と庭先に飛びかう螢の群との類似点および相違点を詩的素材としたこの「庭の螢」は、先の「月の自由」のテーマをさらに発展させたかのような小品です。幻想的、空想的要素をすべて取り払った地点に立って、詩人はふたつの対象を冷静に観察しながら、切り詰められた事実の延長線上に詩的真実の光を読みとろうとしているかのようです。つまり、つかの間の存在である螢の姿と、永遠不滅の生命を持つ星の姿との滑稽な対比や類比を通して、詩人は人間をも含めた生物の営みのなかに存在の意味を探ろうとしているのでしょう。ただし、口語的な作品全体のトーンにはそれほど深刻な響きはなく、むしろそうした深刻さや重苦しさ、暗さを回避しようとする姿勢が優勢です。テーマの重さ、深刻さからくる瞑想的な偏りを避けることによって、逆にそのテーマの暗示性を高めようとする狙いがここにはあるのでしょう。

◉「**大気**」（"Atmosphere"）

初出は一九二八年一〇月の『レイディーズ・ホーム・ジャーナル』誌。初出時の表題は「庭の垣根に寄せる碑文」（"Inscription for a garden wall"）。

当初の表題から考えると、どうやら単なる情景を忠実に描いたものというわけではなさそうです。詩人は垣根という人間の造形物をどのように眺めているのでしょうか。詩人の声に耳を傾けてみましょう。

すべてのものを吹き飛ばそうとする気まぐれな強風も、この古ぼけた垣根のところではその力を発揮することはできません。なぜなら、そこは何ものにも侵すことのできない聖なる場所だからです。長い年月を風雪に耐えながら、自らの本務を全うし、今静かな眠りについている垣根の姿は、まさに聖なる墓地のイメージとして詩人の心を捕えているのでしょう。五行目の「ここでは　湿気や　色彩や　香が　濃くなっている」というイメージは、充実した生命を全うしたものの眠る厳粛な墓地の雰囲気を表現したものと解せます。以上がこの作品についての第一義的な解釈です。というのも、この作品に限らず、フロスト詩のなかでもこのような自然の風物を素材にした作品の背後には、必ずといってよいほど人間の生活が意識されている場合が多いからです。要するに、風と垣根の関係は、自然と（垣根が人間の作ったものであり、人間の生活の一部であることから）人間のそれを暗示しているのです。したがって、ここにみられる垣根の姿には、充実した人生を送った人間の姿そのものが意識されているとみてよいでしょう。「庭の垣根に寄せる碑文」とは、つましき生活のなかにも、人知れず自己の務めを果たして亡くなっていった、多くの「名も無きものたちに寄せる碑文」を意味するものでもあるのでしょう。

◉「**献身**」（"Devotion"）

初出は本詩集。

この「献身」にみられるイメージやその比喩的内容には、とくにこれといった独創性は感じられませんが、簡潔で素朴なその表現のもたらす効果は、混沌とした、秩序なき現代人の複雑な心理状況に対して極めて有効なものとなっています。ここに描かれた状況は、献身的な相互愛を通して、より完全な心の秩序を希求する詩人自身の内面の風景でもあり、愛が欠乏した現代人の不毛な心や閉塞的な現代社会の危機的状況への風刺ないしは警告となっているのでしょう。このように『西に流れる川』の詩人の声には、ロマンティック・メランコリと呼ばれる曖昧な心的状況を脱し、自己の内面に響く声に耳を傾けながら、同時に外部の世界との対応関係をも見失うことのない批評的精神が強くあらわれているといえるでしょう。

◉「**知らぬ間に過ぎさっていくもの**」（"On Going Unnoticed"）

初出は一九二五年三月二八日の『サタディ・レビュー・オブ・ザ・リタラチャー』誌。この作品が執筆されたのは一八九〇年代後半頃と推定されています。一八九〇年代後半といえば、結婚後フロストが家族を養っていけるほどの職も得られず、将来に不安を抱きながら、不安定な生活を続けていた時期でした。当時の彼は、詩人への憧憬を抱きながら、いくつかの雑誌に投稿を続けていましたが、その作風は極めてロマンティックで感傷性の強いものであり、詩作の方向もまだ定まってはいない頃でもありました。そのためか古い雑記帳から採られたとされるこの作品にも、その当時のフロストの抒情詩の傾向を偲ばせるような、どことなく不透明な要素が感じられます。

この作品で先ず問題になるのは、詩人が呼びかけている相手「おまえ」がいったい何を指しているのかということでしょう。誰にも気づかれずに過ぎさっていくものとなっているわけですが、それが果たして何なのか、詩人は明確に説明しようとはしません。むしろ意識的に避けているようにもみえます。この「おまえ」を取り囲む状況についての間接的な説明しかなされていません。おそらく、「おまえ」なるものとは、言葉では表現しきれない、ある不可視な存在ということになるのでしょうか。ただし、第一連の「声をあげる」、「木々の陰にかくれ光やそよ風と／戦っている」、第三連の「木の皮の　ざらついた襞《ひだ》のところに　つかまり」、第四連の「ほんのしばらくたじろいで　それからどこかへ消えていく」など、この「おまえ」の動作や状況を示すこれらのイメージを考えれば、それが人前には姿をみせない鳥のような存在ではないかと、容易に推測できます。ただ、この作品は果たして目にみえない鳥のことを婉曲的に歌っただけのものにすぎないのでしょうか。もしかすると、詩人はこの不可視の鳥のイメージを借りて、さらに何か別のもの――季節の移り変わりや時間の流れのようなもの――を暗示しようとしているのかもしれません。だとすれば、この「おまえ」は、まさに時を擬鳥化したものとみてもよいでしょう。そして、第四連の「ほんのしばらく」や「茂る木の葉を吹き散らし」および「おまえがそのときの記念として手に入れた／あのサンゴネラン」などのイメージから考えると、季節はおそらく秋でしょう（因みに、蘭は秋の花）。ニューイングランドの秋は極めて短く、希薄な光度を補うかのように赤や黄に染まった艶やかな木葉も、急ぎ足で散ってしまいます。それゆえ、来るべき長い冬を前にして、詩人はこの短い秋の季節との別れを静かに惜しんでいるのかもしれません。フロストが好きだったエミリ・ディキンスンの「謎なぞ詩」（riddle poems）を連想させる作品のように感じられます。

〈8行目〉サンゴネラン　サンゴネラン科サンネラン属の腐生植物類の総称で、根がサンゴ色をしていることからそう名づけられた。

◉「繭」（"The Cocoon"）

初出は一九二七年二月九日の『ニュー・リパブリック』誌。

ここに描き出された自然のなかの孤独な人間生活のイメージは、詩人自身の内奥に潜む閉塞感と微妙に呼応しながら、個人生活と社会生活との乖離の問題に自己風刺のメスを入れようとする過程で浮かび上がってきた、詩人内部の精神風景となっているのかもしれません。だとすれば、ここにみられる孤立した世界は、単に詩人の心の外にある物理的な存在としての農場の風景（空間）ではなく、彼の心に内在する世界を可視化したものとなっているのでしょう。ちなみに、スウィーニとリンドロスは、この作品を次のように分析しています。

詩人は、単に夕方の風景を観察しているのではなく、それ以上のことをおこなおうとしている。つまり彼は人々がこの世の中や人生そのものに反撥するあるひとつのやり方について冷静な批評をおこなっているのだ。ここに登場する女性たちは物理的にも精神的にも世の中から引きこもっている。詩人が煙を繭に喩えるとき、煙は彼女たちの隠遁生活を象徴するものとなる。蚕のように、彼女たちは自分を守ろうと懸命になっているが、いくら安全な生活を手に入れていても、真の世界における真の人生を送れる可能性をすべて失ってしまっている。しかも詩人は、彼女たちが繭のなかに閉じこもっている間に、変身を遂げるであろうとは、いっさいほのめかしたりしていない。むしろ彼はその繭が暗黒に包まれた場所であり、夢幻の世界であるとほのめかしているだけなのだ。

（『ロバート・フロストの詩』、五六頁）

自己の内部に閉じこもって、外の世界との交渉を断っているかのようにみえる一軒の農家の姿は、ある意味で過去のフロスト自身の排他的な生活そのものであり、同時に現在の彼の肥大した自我の一部でもあるのです。さらには複雑化し混沌と化した社会に生きる現代人のアナーキーな心的状況そのものだともいえるかもしれません。霞から煙を経て繭へと繋がる一連のイメージの展開には、「隠遁生活を象徴する」閉鎖的な状況への「冷静な批評」の目が潜んでいます。とくに、「いかなる冬の疾風にも　その糸をそこから／吹き払ってしまいたいと　願うことなどできはしない」という表現からは、この「隠遁生活」の閉塞性、閉鎖性の強さを強調することによって、逆にそれを自らの内にあるものとして揶揄しようとする、道化にも似た詩人のユーモラスな自己批評の精神が垣間みえてくるように思えてなりません。

◉「**つかのまの光景**」（"A Passing Glimpse"）

初出は一九二六年四月一二日の『ニュー・リパブリック』誌。当時の標題は、"The Passing Glimpse"。

ここで詩人の狙いは、自己の詩人としての役割やその姿勢につながる問題を示唆しようとする点にあるのかもしれません。詩人は日常の一瞬一瞬のなかに神の「御姿」＝「詩的真実の光」なるものを感じとることができるというのでしょうか。一見すれば、自然のなかに潜む神の啓示を歌ったかにみえるこの宗教色の濃い作品のなかにも、詩人フロストの自らの詩作態度に関するメタフィジカルなコンテクストが、隠し味として同時に示されているのでしょう。

〈副題の献辞〉リッジリ・トレンス　フロストの友人で、しばしば彼が作品を寄稿していた『ニュー・リパブリック』誌の編集者で詩人。

〈8行目〉ルピナス　北南米原産のマメ科ルピナス属の草本で、和名はその花の形状からノボリフジ、タチフジと名づけられている。

◉「**たくさんの金**」（"A Peck of Gold"）

初出は一九二七年七月の『イエール・レビュー』誌。当初の標題は「共通の運命」（"The Common Fate"）。

一攫千金の夢に憑かれた人々が多く集まって

いたこの太平洋岸の町サンフランシスコでの幼年時代を歌ったこの作品には、単に懐旧の思いにふける詩人の姿だけではなく、そのユーモアに満ちた声の背後にもうひとりの詩人の姿が隠されているのです。それは、大人の夢に翻弄されていた過去の幼年時代を、ほろ苦い思い出として静かに眺めている初老の詩人の自己風刺的な姿と呼べるものなのかもしれません。本詩集に収められた「かつて太平洋の沿岸で」とともに、サンフランシスコ時代の思い出を素材にしたものとしては、数少ない作品のひとつです。

〈表題〉「たくさんの金」　当時カリフォルニアで用いられていた"a peck of dust"（「たくさんの埃」）をもじった表現。

◉**「受容」**（"Acceptance"）

初出は本詩集。

第一部〈春の水たまり〉の最後を飾るソネット「受容」は、その表題が示すとおり、何ものにも制御することのできない巨大な自然の摂理に身を任せて、その現実をあるがままに受け入れるピューリタン的受容の精神を反映した作品といえるでしょう。この種のテーマは、すでに初期フロスト詩においても重要な問題として、絶えず彼の心に波紋を投げかけてきたものです。『少年の心』に収められている「生きる試練」（"The Trial By Existence"）を一例としてあげることができるでしょう。

難破という試練に立たされた我等にとって　こ
の人生には

我等がやっとの思いで選び取ったもの以外　何
　もない
かくして　すっかり　誇りをもぎ取られ
たったひとつの終りしかない苦悩の中で
打ち砕かれ　神秘と化した人生に　耐え忍んで
　いくのだ
（六八―七二）

「受容」に描かれた世界は、先の「春の水たまり」、「月の自由」、「庭の蛍」、「知らぬ間に過ぎさっていくもの」、「繭」などにみられるそれらと同様、単なる実写的な自然の風景ではなく、詩人の内面の様相を映す心象風景と考えてよいでしょう。場面は、昼と夜の中間にある黄昏どきで、それはまた生と死の分岐点を暗示する状況でもあるのです。沈みかかる夕日の姿と、来るべき闇の世界のコントラストは、あらゆる自然の現象のなかでももっとも厳粛な死の儀式のイメージを喚起するもので、ここにもそうした象徴を読みとることができるでしょう。夕闇が迫るにつれて、あたりは静寂に包まれ、ありとあらゆるものが深い眠りの世界に沈んでいきます。そうした状況を詩人は鳥の帰巣のイメージになぞらえながら、淡々とコミカルな口調で歌っていきます。さらにいえば、自然界のあらゆる生物が眠りにつく夜は、同時に死の恐怖から解放される時間でもあります。また、一日の仕事を終えた人間の休息のときであり、さらには人生の終りを迎えた人間が、生きる試練から解放されて、永い死の眠りにつく瞬間でもあるのです。

第二部

第二部は、全体的にみればその表題〈夜よあれかし〉（Fiat Nox = Let there be night）が暗示しているとおり、眠りと安息の夜の世界というより、むしろ破壊と創造、夢想と現実などの対立的な要素がぶつかりあう瞑想と懐疑、不安と危機感に包まれた詩人内部の暗澹たる夜の世界であり、さらには聖書的黙示録の世界を映し出す象徴的心象風景と解することもできるでしょう。そして、この第二部においても第一部と同様、そこにみられる自然の風景の背後には、つねに詩人内部の宗教的意識を反映した、生と死、夢と現実、個人と社会などの相反する葛藤要素を通して、より高次な現実認識の姿勢を構築していこうとする詩人の心の陰画的な風景の絵図が織りこまれていることがわかるでしょう。

◉「かつて太平洋の沿岸で」（"Once by the Pacific"）

初出は一九二六年一二月二九日の『ニュー・リパブリック』誌。この作品の原型となる初期草稿（現在の作品内に残っている詩句は五行目から六行目にみられるこの作品の中心的部分）の創作時期は、フロストがダートマス・カレッジに在学していた一八九二年頃。

ここに描き出された海や波や雲などの原初的イメージは、来るべく混沌と闇の世界を暗示するメタファーであるばかりではなく、詩人内部の不安と恐怖の心象風景を支配するものであり、さらには自然界と人間社会との対立を浄化することによって新たな秩序と生命を再生する、創造的破壊者の象徴とさえいえるものなのかもしれません。「暗い意図を秘めた一夜」とは、単に外的な自然の暴力や神の悪意に対する詩人の批判的態度から生まれてきた表現というだけではなく、むしろ天地創造以来人間が犯してきた様々な罪に対する詩人自身の内部に潜む宗教的危機意識の断面図とみるべきものなのでしょう。また、この作品の自然描写の背後には、明らかに神の前で葛藤を繰り拡げる人間の姿が暗示されていることがわかります。しかもマシュー・アーノルドの厭世的、世紀末的宗教観を偲ばせるかのような前半部の不吉なイメージも、終極的には後半終結部にみられる「創世記」の一種のパロディ化によって、抑制された詩人の感情のなかで見事に反ロマンティシズム的なものへと昇華していることがわかります。つまり、ここで詩人が描こうとしている風景は、ひとつの自然の象徴的な姿を通して、人間の内に潜む暴力性、排他的自意識、およびそうしたものに厳しい鉄槌を下そうとするより大きな自然＝神の力に対する終末的危機感や罪悪感といった人間固有の抽象的感情を、より客観的な視座に立って視覚映像化した、預言者フロスト内部の宗教的世界の写し絵のようなものなのかもしれません。

〈13行目〉「光を消したまえ」「創世記」第一章第三節にある神の言葉「光あれ」（"Let there be light"）を意識した表現。なお、第二部の表題Fiat Nox（＝Let there be night）はその逆説的表現。

◉**「なぎ倒された花」**（"Lodged"）

初出は一九二四年二月六日の『ニュー・リパブリック』誌。

さり気ない口調で歌われる一種寓意的なこの作品において、詩人は、自然のなかに潜む暴力性の比喩を通して、社会生活に順応しきれないものの鬱屈した感情を描き出しながら、それを取りまく社会の排他的ないしは弱者切り捨ての暴力に対して、最小限度の抵抗を示そうとしているのでしょう。とくに最終行にみられる、花の姿を自己の感情のなかで同化しようとする、ややもすれば自意識過剰気味とも思えるような擬人的な表現の奥には、一種の戦略的後退の意識が反映しているようにさえ思えます。また倒された花が必ずしも「亡くなってしまったわけではなかったけれど」と限定する付加的な表現からは、逃げ場のない、死をも望むことのできなかった当時のフロスト自身の屈折した複雑な感情を読みとることができるでしょう。現実の試練を前に幾度も逃避願望や自殺願望に取り憑かれることのあったフロストにしてみれば、繰り返されるこうしたプロメテウス的苦悩のなかにこそ、実は自己の存在の証しをつかみとることのできる唯一の道（＝詩作）があったのかもしれません。ちなみに、この作品が書かれた一九二四年（六月）は、フロストが教師としての責務から逃れるために、一時アマースト・カレッジを離れてバーモント州のサウス・シャフツベリーに引きこもることになった年でもありました。

◉ **「小鳥」**（“A Minor Bird”）

初出は一九二六年六月一日のミシガン大学の学部生の編集になる『インランダー』誌。

一九二五年フロストは文学特別研究員として

再度ミシガン大学から招聘され、ミシガン州アン・アーバーに移り住みました。そして教鞭をふるうかたわら、多くの文学志向の強い大学生たちと文学について語り合っていたようです。したがって、この作品の背景には、足繁くフロストのもとへ自作を携えて近づいてきたであろう詩人の卵たちに対するややシニカルな感情が隠されているのかもしれません。もちろん、このような作品創作の背景を考慮に入れなければ、この作品の持つより普遍的な幅広い解釈が可能となってくることはいうまでもありません。つまり、この作品の場合も本詩集の他の作品がそうであるように、人間の心に潜む自己中心的な無意識の暴力に対する風刺の目が詩人自らにも向けられているのでしょう。

◉「**喪失**」（“Bereft”）

初出は一九二七年二月九日発行の『ニュー・リパブリック』誌。この作品は、フロストがローレンス高校を卒業した後、エリノア・ホワイトへの求愛も受け入れられず、失意のうちにわずか一学期でダートマス・カレッジをさることになった一八九二年から一八九三年（この作品には当初、「およそ一八九三年現在」という注が付されていました）頃の悲惨な時代の体験をもとに、一九二七年に創作されたものとみられています。

私たちは最愛のものを失ったとき、自己を取りまくすべての世界や事物がときにはよそよそしく、またときには何か途方もない悪意をもって迫ってくるかのように感じることがあるでしょう。夏が過ぎさり、秋風に吹き散らされる木の葉のイメージや季節の設定法などは、明らかに詩人内部の失意の風景を映し出すためのお膳立てとしては、いささか常套的にすぎるきらいがなくもありませんが、ただ後半部の「僕の秘密」の内容をさらに具体的に説明している最終部（一三―六行目）の句点以下の四行には、それまでの一〇数行にみられる詩人のネガティヴな感傷的態度を払拭して、この詩の内容により複雑な意味の含みを与えてくれるポジティヴな効果が潜んでいるように感じられます。ここにはぎりぎりのところまで追い詰められた詩人の、神への愛に対する痛烈な自己風刺がこめられていると同時に、愛を得られなかった者の味わう現実認識の在り方が問われているのでしょう。以前の自分は生涯孤独で、神以外に自己の愛を向ける相手はいなかったという秘密を誰に告げることもなく過ごしてきたわけでしょう。

ところが、それが一旦心から愛する人間が目の前に現われてきて、しかもそこから実りある愛を得られないという現実のパラドックスに直面したとき、詩人の心はかつての非個人的《インパーソナル》な神への愛に帰依すべきかどうかで思い悩みますが、そこに見出されるものはやはり失った恋人への断ち難い思いと、あの非個人的な愛の空虚さといったディレンマなのです。個人的《パーソナル》な愛を知った者は、このような失意の状況に立たされたとき、もはや非個人的な愛だけでは心満たされることはないのではないかという疑念があるからこそ、木の葉のたてる音を介して、詩人は非個人的な愛の絶対性を信じて疑わなかった過去の自分の姿を嘲笑する「邪悪な」声を聞くことになるのでしょう。

◉「**窓辺の木**」（"Tree at My Window"）

初出は一九二七年七月の『イエール・レビュー』誌。

デリー農場時代、母屋の二階の寝室の窓のすぐ正面には大きな白樺の木が立っていて、風が吹くとその枝が窓ガラスに打ちあたっていたようです。この詩は、後年フロストが、様々な試練や不幸、そして死の恐怖などに悩まされていた頃の不安な夜の夢体験をもとに創作された有名な作品のひとつです。

まず、詩人は窓の外にみえる木に親しげに呼びかけながら、窓を閉めなければならないことに少なからず躊躇《ためら》いや後ろめたさを覚え、せめてもの償いにとカーテンだけは開けておくことで、この木と自分との繋がり、一体感といったものを保とうとしているのがわかります。日々折々、様々な思いを抱きながら床につくとき、詩人の想念は見慣れた窓外の木の姿と同化することによってより象徴性を帯びた表情をともなう形で心象化されていくのでしょう。とくに第二、第三連においては、窓という（内と外を分離している）遮蔽物を間にして、外界の気象に影響を受けて揺れ騒ぐ木の音なきざわめきが、朦朧として不可解な意味なき意味を持った言葉へと変質しながら、いつしか現実（外）と夢（内）の境界（窓）を突き破って詩人の心の世界に溶けこんでゆき、ついには彼の苦悶の声と重なってしまうかのようにみえます。嵐に打ちひしがれながら苦悶する木の姿を見守ってきた詩人が、同時にまた夢のなかでうなされている自己の姿をその木に目撃されてきたのだと告白するその言葉の背後では、詩人と木の間にある種の共感や同化が生じているのでしょう。換言すれば、この木は詩人自身の分身（ないしは半身）になっていると考えてもよいでしょう。外界の風に動かされる木と、心のなかに吹きすさぶ感情の嵐に動かされる自己の姿に、詩人は運命の不可知な力を感じとっているのでしょうが、そこにはまた同時に自然界と人間の内なる心の世界との間に、取りさることのできない遮蔽物＝窓が厳然として横たわっているのだという現実認識の歯止めがかかっていることも見逃してはなりません。最終連の最後の二行にみられる“inner”と“outer”の対峙の構図には、とくにそうした詩人の意図的な操作が働いているように感じられるからです。

〈13～16行目〉「運命の女神が　僕たちの頭をひとつにあわせた　あの日……」不可視の必然ともいうべき運命に導かれて、詩人が詩作に関わる時空、詩の発見の瞬間、あるいは詩的啓示を受けた瞬間への言及か。この第二部にみられる多くの詩の時間帯が、〈夜よあれかし〉というその表題が示しているとおり、詩人の想像力をより活発にさせる夜、ないしはそれに近い時刻に設定されている点に注目。

◉**「平和な羊飼い」**（“The Peaceful Sheperd”）

初出は一九二五年三月二二日の『ニューヨーク・ヘラルド・トリビューン・ブック』誌。

フロストのもっとも得意とする四行連句で書かれたこの作品は、次の「藁葺きの屋根」や「洪水」、および第四部の「ある兵士」と同様、英国滞在期の思い出、とくに第一次世界大戦で戦死したフロストの朋友エドワード・トマス（Edward Thomas）にまつわる思い出をもとにした作品のひとつともいわれています。ただ、ここには個人の悲哀を乗り超えて、人間の生み出すさらに大きな歴史的悲劇の相へと思いを馳せようとする、詩人の決意や覚悟がこめられているのではないかと思います。

夜空に燦然と輝く星座とそれに託された様々な神話の世界に思いを巡らすとき、詩人の内なる夜の世界に浮かび上がってくるのは、人間神話の暴力の歴史を映し出す今ひとつの星座なのでしょう。詩人の心のなかで、新たな不可視の線によって描き出された「支配の王冠」座、「交易の天秤」座、「信仰の十字架」座などの天体イメージには、明らかに天地創造以来の長い人間の抗争の歴史を冷やかに見下ろしているかのような、無慈悲な異教の神々の姿さえもが重ねあわせられているように思えます。ただ、これらの星座に冠せられたその名称と意味内容に今一度思い巡らせるとき、それらが他ならぬ人間自身の内に潜む欲望や暴力の属性を示すものでもあることを思い知らされるのです。ここには、人間自身の造り出した神々の姿が、己れの分身でもあったのだというパラドックスを感じとることさえできます。また、自らの被創造物によって自らが支配されるという皮肉な人間の歴史に対する詩人の風刺的態度を読みとることもできるでしょう。いずれにせよ、こうした終末的状況のなかで詩人は、新たなる世界がどうあるべきかなどといった説教じみた独断的意見を語ったりはせず、繰り返してはならない歴史に思いを馳せながら、暴力の象徴としてのあの星座たちを「再生の価値なきものとして」消しさってしまいたいというような、極めて控え目かつ滑稽な態度を保っているだけなのです。これは、ある意味では消極的な状況回避の姿勢だといえなくもありません。ただ、複雑化した現代のような価値観の変動の激しい時代に生きることを強いられる人間であれば、逆に無責任な結論を下すことのほうが問題なのかもしれません。フロスト詩に多くみられる控え目な婉曲表現も、単なるニューイングランド特有の気候風土から生まれてきたものというだけではなく、ひとつには詩人としての自己の良心に忠実たらんとする彼自身の認識の現れであるともいえるでしょう。したがって、ここで詩人が用いることのできる唯一の方法は、消去法による論法です。つまり、真実は何かという問い方ではなく、何が真実でないかという問いを繰り返しながら、否定的要素を取り除いていくことによって間接的に浮かび上がってくる真実の光明に一歩でも接近していこうとするのがフロストの常套なのです。また、ここでフロストがあえて時代の流れに逆行するかのような、異端者とも思える牧人を登場させているのにもかなり意図的な戦略が意識されているのでしょう。だとすれば、私たちは「平和な羊飼い」の牧人の歌声を現し世と乖離した単なる世捨て人の戯言だと早計に決めつけるわけにはいきません。むしろ現代という不毛な歴史の荒野の一点に立って、古くて新しい秩序の再生復活を願いながら、平和の調べを奏でる福音伝道者の声に近い箴言と解すべきなのかもしれません。

◉**「藁葺きの屋根」**（"The Thatch"）

初出は本詩集。

作品に付された「一九一四年頃」という自注が示しているとおり、一応この作品は英国滞在期後半のある時期の思い出をもとに創作されたものと考えてよいでしょう。とくにフロスト一家がグロースターシャー州のリトル・イデンスを離れて、帰国間際まで同州リットン・ダイモックに住む詩人アバークロンビの家に一時滞在していた頃の出来事が記されているようです。当時フロスト夫妻は、不安定な海外生活からくる苛立ちのせいもあって、帰国問題などで口論を繰り返していたらしく、この作品の前半一二行目までにみられる状況——家のなかにいる者と雨（すぐあとに雪に変わる）の夜に戸外に出ている「僕」なる詩人の間の一種の我慢較べ——は、こうした伝記的背景に基づくものなのでしょう。それはともかく、自らの無思慮な行動が罪もない小鳥たちの生活を乱し、不安な夜の闇の世界に追いやる結果を招いたわけですが、そうした小鳥たちの姿に思いを馳せるとき、詩人は妻とのいさかいで傷ついた心を小鳥たちのそれと比較しながら、やがて訪れる日の出に救われるであろう彼らの姿に、謝罪の念とともに、自らの姿を重ね合わせようとしているのでしょうか。さらにいえば、自然に身を託して命を全うしようとしているかにみえる古い藁葺き屋根（の家）とその軒下でつましい生活を送っている鳥たちの姿を通じて、詩人は自然と人間との基本的な関係について自らに問いかけようとしているのかもしれません。

◉ **「冬のエデン」**（"A Winter Eden"）

初出は一九二七年一月一二日の『ニュー・リパブリック』誌。

フロスト詩においては、数こそ多くはないものの、無垢性の喪失に対する嘆きと、無垢性への回帰願望を秘めたエデン・モチーフは、非常に重要な意味を秘めたものとなっています。エデンといえば、苦しみのない平穏な生活を送れる常春の楽園、理想郷としてイメージできるでしょうが、ここではそれがハンノキの立ち並ぶ雪原のなかの林といった、厳しい気象条件下の冬の銀世界となっています。とはいえ、寒さの厳しい雪国のあるのどかなひとときの汚れなき純白の世界も、少し見方を変えると、アダムとイヴのさった後とおぼしき閑散とした冬のエデンとしてまた違った様相を帯びてくるかもしれません。ここでとくに注視すべきなのは、このエデンの地理的環境に加えて、エデンという言葉の意味内容（Eden はヘブライ語で「喜び」の意）と、詩人自身がそれに託したイメージとの結合がどのようなレベルでおこなわれているかという点でしょう。かりに、ここにみられる雪景色をエデン・モチーフの根幹にある詩人内部の純粋・純白の無垢性への潜在的回帰願望を暗示する象徴的な風景に還元することができるとすれば、雪は、死と同時に（その下に眠る新たな生命を保存するという意味で）生をも連想させる媒体となりうるものですから、ここに描かれた純白の風景には死と再生・復活のイメージに繋がる新約的世界への暗示があると解することも可能になってくるでしょう。

ニューイングランドの冬は長く、また冬の夜長は詩人の心に様々な不安と恐怖をかきたてる時間帯なのでしょう。最終連にみられるエデンの一日の終わりを告げる啄木鳥《きつつき》らしき鳥の描写のくだりや、あまりにも短すぎるその一日に向けられた詩人の断ちがたい思いを伝えるその声には、そうした夜の世界に対する不安の大きさを示す響きが潜んでいるかのようです。だとすれば、そうした詩人の姿は、ここに描かれたいくつかの動植物たちとのそれとは正反対にあるもので、おそらく詩人は、厳しい冬の生活に耐えながら、しかも一瞬訪れたこの静穏な冬の一日をのどかに過ごしている生きものたちの営みを目にしたとき、自己の内に潜む様々な暗い思いのとぎれ目から、純白のエデンの園を垣間見ることになったのでしょう。

〈1行目〉ハンノキ　カバノキ科ハンノキ属の落葉高木で清涼な湿地に自生する。

◉**「洪水」**（"The Flood"）

初出は一九二八年二月八日の『ネイション』誌。当初の表題は「血」（"Blood"）。

前半四行の起句において詩人はまずひとつの奇想を用いて、つまり河川の水流の力の性質と戦争によって流されてきた人間の血の抑え難い性質との一見奇想天外とも思えるような比較を通じて、人類の戦いの歴史と、そこに内在する潜在的暴力の問題に焦点を当てようとしていますが、ここでの詩人のややシニカルな態度には、結句にみられるその詠嘆と憤りの声に至るまでのすべての葛藤要素がすでに放出されていることがわかります。

血を人間の意志の力のおよばない、まるで一個の独立した本能的力ないしは、巨大な破壊力をもった洪水のような大自然の力としてイメージする詩人の声には、人間内部の否定しがたい暴力性そのものに対してや、単に不合理なものとしてそれを排除したいと願うことの不合理性と欺瞞・偽善といった、いわば人間が背負わされている業や性に対する痛烈な自己風刺的懐疑精神が宿っているとみることができるのではないでしょうか。五行目から九行目にかけての承句になると、詩人は、まず血の持つ破壊的な抗し難い力についての定義づけから、さらに一歩進んで、その力を何か人間に悪意を持った外的存在による不当な策意の現れとみなしがちな我々人間内部の合理的宗教観の問題へと話を進めながら、結局そうした力の正体が実は我々自身の内にある暴力性以外の何ものでもないことを暗示しようとしているのでしょう。だとすれば、ここには人類がその進化の過程において他の動物からわかれて直立歩行するようになった結果、血が「異常な高さにまで」引き上げられることになり、それによって動物以上の残虐性、暴力性を自己内部に潜在化させるようになったという含みがあるのでしょう。

ちなみに、フロストはローレンス高校時代に読んだダーウィニズムに関する問題をも含めて、若い頃から人間の歴史的進化・進歩に対して極めて懐疑的な見方をしていたようです（たとえば、第一詩集『少年の心』所収の「デミウルゴスの笑い」を通じて進化論的社会観に染まった現代社会の風潮に警告を発しています）。この作品全体を包んでいる詩人のシニカルなトーンには、一種の進歩思想に対するフロストなりの宗教的危機意識を読みとることができるでしょう。なぜならこの詩人内部の深い洞察から生まれてきた宗教的危機意識こそが、第二部〈夜よあれかし〉全体を支配している詩人の心のなかの夜の風景の意味内容に通じるものであり、ひいては『西に流れる川』という詩集に新たな抒情的可能性を供与してくれる問題でもあるからです。たとえば七行目にある「異常な」あるいは「不自然な」と訳してもよさそうなこの"unnatural"というエピセットひとつをとってみても、そこには近代から現代にかけて人類が辿ってきた空前絶後の科学万能の文明社会の、「不自然、異常」とも思えるほどに進化した姿に対する痛烈な風刺が感じられます。

なお、この作品の創作には、約一〇年前の第一次世界大戦で戦死したエドワード・トマスについての思い出が影響していたのかもしれませんが、ここでフロストが歌おうとしていることは、単なる平和願望から生じる反戦という枠に限定されるものではないでしょう。流血の必然性を受容せざるをえない人間の歴史的悲劇そのものに対する、個人の感情を超脱した嘆きといってもよいかもしれません。こうした態度は、合理主義的不合理性に毒されてきた人間内部の自己矛盾を敢えて直視することで、それを人類共通の悲しみの根源として受容しようとする詩人自身の良心に関わる問題であり、またそうした姿勢のなかにこそこの詩本来の存在理由が浮かび上がってくるのではないでしょうか。

◉「**夜に親しんで**」("Acquainted with the Night")

初出は一九二八年一〇月の『バージニア・クウォータリ・レビュー』誌。

この作品は、本来なら表題と内容から考えても、当然第二部〈夜よあれかし〉のクライマックスに置かれるべきもので、当初の単行版の時点では、この「夜に親しんで」が第二部の締めくくりになっていました。ところが、一九三〇年度版の『ロバート・フロスト詩集』に『西に流れる川』が収録される際に、そこから「美しきものにはお好きなように」が第二部の最後に組み入れられることになりました。同時に当初の六つのパート分けもこの時点で消えてしまいました。その結果、当初は第二部のテーマ作品であった「夜に親しんで」のあとに、やや趣の異なる「美しきものにはお好きなように」が置かれたことによって、この第二部内の統一性の消失問題を超えて、『西に流れる川』全体の流れが、ここで中断されてしまうという、詩集構成の本質に関わる問題が生じているように思われます。そこで、一応ここではこの「夜に親しんで」を敢えて初版本来のパート分けの意図に則して第二部のクライマックスを飾る作品として扱うことにしました。

詩人が夜の散歩をすることになった動機については、色々推論が出てくるでしょうが、ここでは自己の内にわだかまる様々な感情のはけ口としての象徴的行為のひとつと考えてみましょう。そして、その行為が昼ではなく夜という暗闇の世界のなかで試されるとき、詩人は自己の存在理由を確認する術がいかなる場所においても得られないことを身をもって思い知らされるわけですが、それと同時にそうした行為に甘んじなければいけない孤独な自己の存在そのものについての認識を得たことで、一見無為と思えたその行為に実は重大な意味が隠れていることを感得するようになったのです。それは決して自己の行為の正当化・合法化といった表層的な問題に帰着するようなものではありません。まさに生と死が背中あわせになったところに立ちながら、徹底した自己懐疑の姿勢を貫き通すことによって得られる認識といえるでしょう。こうしたストイックな認識の過程において、例の針のない時計たる月（おそらく満月）が、この夜という今の時間が「悪くも　良くもない」と語りかけてくるのですが、この言葉には現象界に生きる我々人間の時間についての価値基準を超えたところにある不可知な絶対性への暗示が潜んでいるのでしょう。それは、すべての人間的な価値判断を拒絶することによって、初めて詩人が一瞬のなかに永遠の相を垣間見ることを許されるような内的なものの音なき声なのかもしれません。周囲の世界から完全に孤立して天上にくっきりと浮かび上がった月は、まさに迷いの闇のなかで孤独と不安に心さいなまれる詩人にとって、物理的、歴史的時間の制約を超脱したところに、やがて大いなる目覚めの瞬間が訪れることを示してくれる啓示的な存在そのものなのかもしれません。

第三部

◉**「西に流れる川」**（"West-Running Brook"）

巻末の**【解説にかえて】**をご参照ください。

第四部

◉「**砂丘**」（"Sand Dunes"）

初出は一九二六年一二月一五日の『ニュー・リパブリック』誌。

前半のふたつの連で詩人は、浜辺に次々に打ち寄せる波＝海を前にして、その大いなる自然の力に思いを馳せながら、ときには静かに、ときには怒濤のように押し寄せてきて人間の領域＝陸地を犯し、その存在を脅かす情景を夢想しています。したがって、ここにみられる海は、必ずしも人間に自然の恵みや幸をもたらしてくれる好意的な存在では決してありません。その姿は、まさに怒れる神のごとく、暴力的で過酷な試練を課す存在として人間の前に大きく立ちはだかっています。そうした厳しい海と人間の生活の間に積み重ねられてきた試練の堆積物として、砂丘の持つ意味合いは決して小さくありません。ただ、「砂丘」という表題が掲げられてはいるものの、七行目の「目のつまった砂」や一四行目の「小屋を沈めさせたり　すること　ができる」という表現から間接的に推測できる内容部分以外に、砂丘という存在そのものは表舞台には登場せず、むしろ波ないしは海が中心イメージとなって前景に押し出されているのです。実のところ、ここには詩人の透視的視点ともいうべき視覚作用が働いていることがみてとれます。詩人が今目にしているのは、直接的には砂丘そのものであって、その砂丘の彼方に広がる海や波の姿（さらには音）は詩人の想像力の昂揚が透視させた砂丘の本質部分という関係にあるものなのでしょう。むろん、詩人には海の情景がいっさいみえずに隠されているという意味ではありません。砂丘の存在が認識の第一レベルにあって、そこから詩人の心や目や耳が海を意識しはじめることになるのです。この作品における砂丘の存在の希薄性は、（感覚と連動する）こうした詩人の意識の位相から生じる現象として捉えることができます。そう考えれば、表題を「砂丘」としながら、敢えて陸と海との接点に位置するこの存在を、作品の前面から遠ざけておこうとする詩人の意図のようなものがみえてくるのではないでしょうか。つまり、砂丘の果たす役割は、海が人間の領域に送りこんできた脅威、暴力の残影、自然と人間の葛藤の跡を記す戦場、墓標ないしは墓地そのものとして、詩人の意識内部に沈みこんでしまっているこの透明な存在を、想像力を通じて浮かび上がらせる点にあるといってよいかもしれません。

◉**「大犬座」**（“Canis Major”）

初出は一九二五年三月二二日の『ニューヨーク・ヘラルド・トリビューン・ブックス』誌。発表当初の表題は「星明かりの夜に」（“On a Star-Bright Night”）となっていました。

第一連に登場する「天界の犬」（“Overdog”）という語は、いうまでもなく第三連の「下界の犬」（“underdog”）と呼応するもので、冬の夜空に浮かぶ大犬座と地上でそれを見上げている卑小な存在である詩人との関係を、「上なるもの」対「下なるもの」、さらには「支配者」対「被支配者」、「不死《イモータル》」対「必滅《モータル》」などの相関図に見立てたユーモラスな描写になっていることがわかります。東の空から西の空に移動していくこの星座を眺めながら、詩人は時の経つのも忘れてこの天体との対話の接点を求めようとします。そのとき、彼はこの星座＝巨大な自然と人間との間にある大きな断裂を意識する（“I'm a poor underdog”）わけですが、その意識の昂揚が逆に彼の心を解放させ、ここにみられるユーモラスな独白を引き出すことになったのでしょう。ただし、クレアンス・ブルックスなどは『現代詩と伝統』（一九三九年、一一〇―一一二頁）のなかで、この詩にみられる比喩がフロストの自虐的な気紛れ（“self-ironic whimsy”）の作り出したものにすぎず、結局彼の使う比喩は彼自身の経験の真剣さと反比例しているとして批判的にみています。が、果たしてそうでしょうか。むしろ、人間の能力の限界を意識したうえで、詩人は自己の心の平安、救済を求めて、オリオンの忠実な猟犬であり、古代より人間の良き友であった犬の姿をも連想させるこの星座に自己の思いの丈を吐露（“bark”）してみようとします。したがって、ここに示された人間と星座という、小なるものと大なるもの、死すべきものと永遠なるものの織りなす情景には、それが詩人の独りよがりに終わるものであるにせよ、孤独な存在としての両者共通の接合点を通じて、詩人内部に精神的交感を作り出すだけの状況が充分に用意されているとみてよいのではないでしょうか。そして、その交感が詩人内部に喚起する状況こそが、星座との深い精神的対話を産み出す条件を与えてくれるわけで、詩人はその条件を童心に返ってユーモラスに受け止めています。それは「自虐」というネガティヴな受け止め方とは本質的に異なる姿勢であり、いわばフロスト特有のあの「冗談めいた真剣さ」に基づく、現実と夢との融和を図ろうとする態度の現れといってよいものでしょう。天文学（たとえば、英国の天文学者R・A・プロクターの『無限のなかにおける我々の位置』はフロストの愛読書）を通じて、フロストが天体に強い興味を持っていたことを示す作品のひとつです。

◉**「ある兵士」**（"A Soldier"）

初出は、一九二七年の『マッコールルズ・マガジン』誌五月号。当初は"The Soldier"となっていましたが、翌二八年の『西に流れる川』所収にあたって限定的な定冠詞"The"が不定詞"A"に改められました。おそらく、そこに含まれる個人的感情を抑制するためでもあったのでしょう。

一九一七年四月九日イースターの月曜日、午前七時三六分、フランス戦線アラーの戦いの初日、最前線の展望哨で敵の動静を伺うために、その日の朝の第一回目の監視に立っていたエドワード・トマスのもとに砲弾が飛来しました。三九歳の誕生日を迎えて僅かひと月余り。将来を嘱望されていたひとりの詩人の凄惨な最期でした。当時フロストは、その年の一月からアマースト・カレッジで教鞭をとるようになっていましたが、その彼のもとにトマスの訃報が届いたのです。そして、トマスの死から数えて、この作品が発表されるまでに実に一〇年もの歳月が流れました。「詩人兵士」として散っていった唯一無二の友の死を無駄にしないためにも、何かを語らねばという切迫した思いを形あるものにするために、彼は模索を続けることになりました。第四詩集『ニューハンプシャー』所収の「大切に守るためにではなく」や「E・Tに捧ぐ」を経て、ようやく辿り着いたのが本作品です。このように、「ある兵士」には、長年背負ってきた友への贖罪を果たさねばという義務感のようなものに取り憑かれていた詩人フロストの強い思いが満ち溢れています。この作品を発表した翌一九二八年、夏休みを利用して彼は妻エリノアや娘マージョリを連れて、約一六年ぶりに英国に渡り、未亡人ヘレンのもとを訪ね、さらにはトマスが戦死した土地（Vimy）にまで足を伸ばしました。数ヵ月の旅行の後、同年秋にこの作品を収めた『西に流れる川』が上梓されることになったのですが、出版が秋になったのは、決して偶然のことではないでしょう。出版前にぜひ思い出多き英国を訪れ、新しい詩集の話をひとこと夫人に伝えたかったためであったのかもしれません。

さて、最初の三行で詩人は、戦火に倒れたひとりの兵士の遺体を折れた一本の槍になぞらえていますが、ここにみられる折れ錆びついた槍のイメージには、いわゆる「強者どもが夢の跡」といった感慨とは本質的に異なる、詩人の抑制的な感情が潜んでおり、その鋭利な観察眼を通じて、人間の死の厳粛性がしっかりと捉えられています。感傷を越えた詩人の目の確かさといってよいかもしれません。しかも、死んだ兵士を槍に喩える比喩は、人間の過去の戦いの歴史を意識した詩人のアナロジーとなっていることがわかります。武人の個性的武勇を象徴する過去の武器と、集団的、非個性的戦闘を繰り広げる近代戦争の一歯車としての武器である兵卒の姿を結びつけようとする詩人の狙いは、死してなお祖国や自由を守るためにその亡骸を不発弾のように戦場に晒しながら、敢えて「土を耕すように　弛まず」抵抗を示すトマスという一個人の存在と、その死に含まれる人間の勇気の問題に、エマスンが「コンコード讃歌」の最終連で「これらの英雄たちを勇敢に死なせ／その子どもたちを自由にした精神よ／我々が彼や汝のために高く掲げるこの槍を／時と自然にそっとしまっておくよう命じてください」と歌っているような形で、単に歴史的な意味合いを付加する点にあるだけではないのです。さらにいえば、詩人は追悼とか反戦とかいった内容に含まれがちな個人的感情を乗り越え、より高次なレベルでの人間社会の在り方の問題に迫ろうとしていることが読みとれます。人間の諍いの原因は、そもそも人間同士が互いに近い位置にありすぎるからだ、と詩人はユニークな個人主義的視点を打ち出します。味方のミサイルが本来なら敵に向けられたはずなのに、その軌道設定が余りにも近くに置かれすぎているために、結局味方をも巻きこんでしまうことになるというロジックは、やや荒っぽいいい方をすれば、人間社会とは、本来社会的生活を営む独立した個人の集合体であるとする前提を終生崩すことのなかったフロストの基本的な個人主義的姿勢に合致しているといってよいでしょう。人間社会に横たわる様々な利害を巡る確執の最大規模の生存競争が戦争ということになるのでしょう。ここにはそうした人間相互の確執を産み出す原因が、実は我々が無意識の内に個人の領域を侵害し合っている点にあるのだという問題提起がなされているのです。そして最終部分において詩人は、ミサイルという人間内部にある破壊的、侵略的欲求が射止めるのは、単なる敵という標的、即ち我々の外にある物質的標的ではなく、他ならぬ我々自身の内部にある良心や愛といった精神的生命中枢なのだと警鐘を打ち鳴らしているのでしょう。しかも人間自身が、そうした自己の無意味な行動に気づきながらも、現代に至るまで連綿とその愚を繰り返してきた点にこそ悲劇があるのだとすれば、作品内に響きわたる詩人の声には現代人の精神的荒廃の危機に対する痛切な皮肉や風刺がこめられているといわねばなりません。

トマスとの親交のなかで、おそらくフロストは戦争と芸術、詩人と兵士などの問題についても随分論議を重ねたことがあったでしょう。しかし、この友の迷いや悩みに果たしてどれだけ充分納得のいく返答をなしえたでしょうか。トマスの死後一〇年もの歳月をかけた末に、ようやく日の目をみることになったこの作品には、果たしえなかった友の疑問への追悼をこめた回答が含まれているように思えてなりません。

◉**「移民たち」**（“Immigrants”）

初出は本詩集。

この小品は、元々プリマス・フェスティバルのためにジョージ・ベイカー（ハーバード大学やイエール大学で作劇法や演劇史を教え、後に全米演劇協会初代会長を勤めた人物。ユージン・オニールやトマス・ウルフは彼の教え子）編『ピルグリム・スピリット』（一九二一年）に寄稿した「巡礼者たちの帰還」（“The Return of the Pilgrims”）がその原形で、その後『西に流れる川』に収録するにあたり、小さな変更を加えてその第四連だけを独立させて現在のような四行詩となったのです。参考までに「巡礼者たちの帰還」を紹介しておきます。

狭い甲板に　倦み疲れて　上陸したとき　あなたたちは
ごつごつした海岸で　よろめき　倒れたりしながら
もはや　難破は免れたとはいえ　この地にあって　なお
神を畏怖し　祈りとなる　ひとつの誓いをたてたのです。
すると　最初それは　まるで　草木を焦がす
　野火のように
空き地を越え　森のある斜面を　駆け上がっていきました。
やがて　陽の光のように　空き地と山の上に
　照り輝くようになったのです
祈りであり　希望でもある　ひとつの誓いが。

［上陸という　あなたたちの希望は　人々への
　あなたたちからの贈り物だったのです。
その贈り物を　惜しみなく捧げることは　あなたたちの希望でもあったのです
あなたたちは　私たちに与えてくれたのです
　再び私たちのものとなる希望を
そして　永遠に　自由に生きる希望を］
［あなたたちの信仰が　その希望を　民衆に委ね
その変遷を　記録にとどめて　失われないようにしていったのです

人々が　新しい場所によって　生まれ変わり互いに
重なり合ったり　すれちがったりしていく間に」
帆を張り　蒸気を上げて　航行しながら　人々を集めて
次々に　我々のもとに送りこんできた船は　もういません
でも　巡礼者を乗せた　あのメイフラワー号は
今でも夢の中で　この国の海岸に　彼らの不安な護送を　続けているのです。

「平和な時も戦争のときも　ならず者たちが暗闇のように
こちらにやってきて　私たちを破滅させようとしたとき
境界線を動かしたり　目印を消したりしながら
あなたたちの救いの手が　私たちが今の私たちを
固守するのを助けてくださったのです」

次のイエス再臨には　西部にきてください
次のイエス再臨に　この国にやってくるときには、
あなたたちは　かつてこの国で　他の人々が砂に印したのと同じように深く
その足跡を　岩に刻みこんだのです。

風や波のもとから　新たにもう一度確かめにきてください。
私たちの代わりに　私たちがその真意を　しっかり守り通してきたのだと　いってくださ

い。

私たちは　あなたたちが与えてくださった　こ
　の贈り物のよき管理者であるのですから
どうか　私たちが　最後まで　その管理者であ
　ることを　保証してください。

E・S・サージャントは先の「移民たち」を読んだとき、英国を離れ将来に不安を抱えたまま一路故国に向かうセイント・ポール号船上のフロストの姿を連想しながら、さらにこの作品の下敷きとなるイメージを与えたかもしれないJ・R・ローウェルの「現在の危機」（"The Present Crisis"）からの次の一節を紹介しています。

新たな機会が　新たな　務めを教えてくれる。
時は古い真実を奇妙なものに変えてしまうもの
　だ。
だから彼らは　さらに上に向かって　前に向
　かって進まなければならないのだ。
そうすれば真実に遅れをとらずにすむだろう
みよ　我々の前で　この真実のキャンプファイ
　アーを輝かせよう
我々自身が　巡礼者そのものにならなければな
　らないのだ。
我らのメイフラワー号を進水させよ　そして勇
　敢に舵をとって　あの凄まじい
冬の海を越えていくのだ
未来の玄関を　血錆びのついた過去の鍵で開け
　ようとしてはならない。

作品創作の経緯については定かではありま

せんが、もしフロストが、サージャントの想像どおりに、このときローウェルの詩の一節を意識し、教訓的で楽観的なその内容を揶揄しながら、自分の置かれた現在の詩人としての不安定な立場からくる不安を、先の四行詩に託したのだとすれば、その出発点には極めて個人的色彩の濃い体験が潜んでいることを認めないわけにはいかないでしょう。いずれにしても、ここに四行という極めて短い形で残されたこの作品のみを対象にするだけも、「今でも／夢のなかでこの国の海岸に　不安な護送を続けている」メイフラワー号のイメージに託された意味内容に、未知の世界に向かう巡礼者＝詩人の不安な眼差しを読みとることは充分可能でしょう。さらには故郷の地を後にして一獲千金の夢や自由を求め、あるいは大戦の戦火を逃れて、アメリカに渡り続けていた当時の経済的、政治的移民・難民の心境をも伝えていると読めなくもありません。むろん、そこには、ローウェルが歌いかけているような、将来に対する力強い決意のようなもの――悪くいえば、気休めや建前的なもの――など存在しえない状況が潜んでいたことだけは間違いないでしょう。ともかく、詩人は弱強五歩格（"No ship of all that under sail or stream," 1.1）の規則的な安定したリズムを通して、静かに波打つ漆黒の大西洋の彼方に、やがて訪れ来るかもしれない嵐の前触れ（＝不安）の状況を淡々と描き出そうとしているのです。このように、この作品は、自己を含めた人間の歴史を思惟するフロストの詩人としての生き方に深く関わる内的体験をその背後に秘めたものとして、意味深い内容を有していることがわかるでしょう。

◉「ハンニバル」（"Hannibal"）

初出は本詩集。

歴史に対するフロストの興味の糸を手繰《たぐ》っていくと、ローレンス高校時代に遡ります。この時代に彼は高校の機関誌に、コルテスによるメキシコ征服における最後の記念すべき事件――アステカ帝国の最後の王モンテズーマの勝利――を歌った「悲しい夜」（"La Noche Triste"）をはじめ、歴史的人物を素材に採った初期作品を何篇か発表しています。それらはいずれも過去の歴史における人間（とくに歴史的人物）の勇気や孤独に焦点を当てたものが中心となっています。その後、この種のテーマはフロスト詩のなかで様々な形をとって変奏されていきますが、この「ハンニバル」も比較的初期の頃に書かれたものとみられています。

この作品は、いうまでもなく史上屈指のカルタゴの将軍として知られているハンニバルの英雄的行動を念頭に置きながら、歴史のなかに埋もれていく人間存在の問題に焦点を当てたものとなっています。第一次ポエニ戦争で祖国イスパニアを破ったローマ帝国への復讐を胸に秘め、遠いアフリカのカルタゴの地から南フランスを経由し、ピレネーやアルプスやアペニンなどの山脈を越えて、ローマ遠征に赴いたハンニバルは、世にいう第二次ポエニ戦争において次々にローマ軍を討ち破って多大の功績を修めました。ところが、その後本国の援助を受けることができず、やがてローマの将軍大スキピオに敗れ、さらには自国内の反対勢力の策謀によってカルタゴを追放されたあげく、東方諸国での再挙に失敗して自決することになりました。自己の大願、故国をローマ帝国の搾取から救うという「目的」を最終的には果たしえなかった悲運の名将です。

フロストは、先の「ある兵士」の場合と同様、人間存在の本質というものが、単に目的の実現やその大小の如何にあるのではなく、むしろ目的実現のために苦闘する生（存在）の過程そのものにあるのではないかと問題提起しながら、「時間のうつろい」、すなわち歴史の巨大な歯車に押し潰されていく自己を含む卑小な人間存在そのものに対する共感と憐憫の情を吐露しているのでしょうか。とくに、「時間《とき》のうつろいとともに　青春と歌が流す数多《あまた》の涙にとって／あまりにも空しくみえるような　そんな目的などあっただろうか」と問いかける詩人の心には、人間の希望とそれに付随する苦しみへの深い理解と思惟が潜んでいることが窺い知れます。ハンニバルもトマスも、結果的には本懐を遂げることなく、歴史の沈黙のなかに自己の夢や希望を埋もれさせてしまったわけですが、こうした人間の営みにこそ、私たちはすべての装飾を取り払った命の尊さそのものをみてとることができるのかもしれません。このように、僅か四行という圧縮された詩行のなかで、フロストはその巨視的な歴史的視点を通して人間の生の本質的な意味を模索しようとしているのでしょう。

◉**「花船」**（"The Flower Boat"）

初出は一九〇九年五月二〇日の『ユースズ・コンパニオン』誌。作品の枠外に「最初期（の作)」(“very early”)という注釈めいた言葉が添えられていますが、これは漠然とした創作時期を表すものではないかと思われます。

作風は先の三篇とは趣が異なり、フロスト本来の地方的な要素が中心となっています。第五詩集は内容の普遍性を求めるあまり、先行する四つの詩集にみられたこの地方的な要素がかなり削ぎ落とされて、ややもすれば抽象的、一般的な論理の構築に傾き過ぎているきらいがあり、その結果フロスト本来の持ち味が欠如しているのではないかとみられがちですが、この点は以後のフロストの詩人としての基本的態度の変化に深く関わる問題でもありますので、一概にそれを否定的要素として早計に判断することは避けるべきかと思います。

第四部〈砂丘〉の最後に置かれた「花船」は、冒頭の表題詩「砂丘」と同じく舞台を海にとっており、文字どおり第四部の締め括りにふさわしい情景を映し出した作品です。第一連では、かつて漁に乗り出して数々の海の体験を経てきたと思しき老漁師が、もはや海洋に出かけていくこともなく、床屋で昔取った杵柄を開陳してみせる場面や、今はもう使われなくなったその漁師の船が陸に打ち捨てられている光景が描かれています。かつては鱈漁で賑わっていたであろうニューイングランド大西洋岸のある漁村の鄙びた、あるいはのどかな風景を静かに甦らせる冒頭のくだりです。

次の第二連に移ると、詩人の目は、専らこの打ち捨てられた船に向けられていきます。漁に出ていた頃には、大量の鱈を載せていたこの船も、今では丘の上に横たわったまま、ニシキギンポという細長い魚の代わりに、この魚の積み荷を連想させるような花を満載しているのでしょう。仕事をやり終え、なおかつ花々に取り囲まれながら、さらなる船出を夢見ているかのようなこの漁船の姿には、晩年を迎えた者の直向きさが暗示されていると同時に、自己の歩んできた道程と残された人生に思いを馳せる詩人自身の姿が微妙に重ね合わされているかのようです。饒舌に過去の自慢話をするひとりの老人と、かたや黙して語らぬ船という今ひとりの老人の姿は、詩人にとってはもはや距離をおいて客観的に眺められるような、風景としての単なる対象物ではないのでしょう。それは詩人の混沌とした意識に明確な方向性を与え、生の意味づけを促してくれる詩的媒体であり、詩人自身の意識の表象そのものにもなっているのでしょう。

最終第三連において、詩人は「楽土の世界への輸送」を続けているこの花船をみつめながら、我々も彼らと同じように「幸福の島々」に辿り着くためには、運命に従って苦難の海を航行する試練を敢えて受け入れる必要があるのだと認識しているのかもしれません。おそらく、二度と海に出ることなどないかもしれない船と、昔語りに夢を追う船長たるこの老漁師の姿は、単なる過去の遺物としてのみ存在するのではなく、それをみつめる詩人の目に人間の生に対する深い共感と、自己の前に不透明に横たわる未来への不安を、同時に喚起するものとして映っているのでしょう。（なお、花船は死出の旅路の乗物ないしは棺として比喩的に解釈することもできるかもしれません。）

高校卒業後の数年間の不安定な時期、ないしは詩人としての将来を模索していたデリー農場時代に創作されたのではないかと考えられているこの作品には、このように歴史的時間の枠を超えた「幸福の島々」探求への願望と、そこに至るまでの苦しい「存在の試練」に対する不安を胸に秘めていた当時のフロスト自身の心境が、色濃く反映しているように思えます。

〈6行目〉ジョージズ・バンク　マサチューセッツ州の大西洋沖合にある海中の砂州で、鱈の漁場として知られている。

〈8行目〉ニシキギンポ　北大西洋の浅瀬に棲息するウナギに似たきれいな模様の小さな魚の総称。

〈9行目〉楽土　ギリシア神話のエーリュシオン（英雄・善人が死後に住む世界）と、「幸福の島々」との関連から俗にいう「至福の理想郷」のイメージの双方を連想させる。ここでは死後の世界が意識されているとみてよい。

第五部

◉「かけ算表」（"The Times Table"）

初出は一九二七年二月九日の『ニュー・リパブリック』誌。

前半の七行目までは、一見すると馬車で峠の坂道を進んでいく光景と、坂道の途中にある泉と、自分も休息をとって喉の渇きを癒したいと思っているとおぼしき馬に対する農夫の苛立ちなどについての単なる実景的な記述描写のようにみえますが、実はこうした描写の背後には「農夫の道行き＝人生」、「泉＝安息」、「欠けたコップ＝聖杯」などといったキリスト教的命題の図式化を読者の心に抵抗なく受け入れさせるためのフロスト独自の意図的な戦略がさりげなく用意されているのでしょう。その戦略とは牧歌的技巧と呼ばれる伝統的手法ですが、ただここでいう牧歌とはより現代的でより複雑な視点を内在化させたものであり、決して田園世界を美化、理想化しながら、その対極にある無機質な都市社会の頽廃を盲目的に批判、描写するような性質のものではありません。フロストにとっての牧歌とは、より複雑化した現代社会の混迷状況を打開していくうえで、有利な視点を詩人に提供してくれる場としての認識空間創出の可能性を秘めた有効な手法であったのでしょう。だとすれば、前半部に描き出されたこの道行きの風景には、細々とした経験世界の様々な要素を削ぎ取った後にみえてくるような、人間の簡素な存在様式や存在意義が、こののどかな田舎の風景のなかに極めて意図的に描きこまれているとみなければなりません。たとえば、一行目の「山道を　半分以上　登ったところに」という一節は、その文字どおりの風景描写の背後に、詩人内部の状況を投影する今ひとつの心象風景が同時に存在していることを示す寓意的内容を秘めた出だしとなっていて、我々読者の心をごく自然にこの田園風景のひと駒へと誘ってくれるのです。山道、泉、口の欠けた水飲み用コップ、農夫、馬車、雌馬など、すべてが私たち読者の意識空間へと無理なく入りこんできて、現実の重さを伴う実体としての像を結んでいます。

山道を上りながら、一時無駄に思えるかもしれないような休息をとることが、ある意味で人生における目的とは何かという不可知な問題に一考を促すひとつの契機を与えてくれる行動となっているのかもしれません。しかも、人生の途上にある泉と壊れかけたコップこそが、実は我々が探し求めてきたあの「救済」を約束してくれる聖なる場、聖なる杯となりうる可能性さえあるといえるかもしれません。したがって、この農夫のような生き方にもそれなりの意義はあるとしても、やはりそこには私たちにとってもっとも大切なものを失っていくという大きな代償が待ち受けていることも知るべきだというのが、詩人の示唆するところではないでしょうか。

このように、フロストは僅か二〇行の小品において農夫の盲目的姿勢と、それに対して予想される潜在的反対意見（「この話は　もしかすると大いに真実であるかもしれない」という詩人の一時的譲歩の背後にあると予想される一般的見解の存在）と、さらにその両者を一歩後退した地点から眺める第三の視点としての詩人の目といったものを作り出していることがわかるでしょう。そして、ここでの詩人の立場は、当初からそうであったように、つねに農夫を眺める今ひとりの人物として、極めて有利な地点に置かれているのです。この第三者的立場の設定は、フロストの牧歌の手法に複層的な視点を与える要となっていると同時に、より複雑化した二〇世紀の人間社会の抱える様々な矛盾や問題点を写し出すために繰り広げられていたモダニズムの旗手たちによる多様な詩的実験を意識しながらの、フロスト自身の詩的実験に繋がる問題となっているようにも思えてなりません。

◉「**投資**」（"Investment"）
初出は本詩集。
このソネットでは、様々な辛苦を乗り越えて生きてきた初老の夫婦の人生についての思いが淡々と語られています。表題の「投資」とは、こんな奥まった片田舎に似つかわしからぬピアノやペンキを塗り替えた小奇麗な家などの「贅沢というに足るもの」のことや、終の棲家として田舎を選択したことを指しているのでしょう。

第一行目に登場する「彼ら」（"they"）とは、かつてはピアノの鳴り響いていたこの家ないしはその近所に、煩わしい都市（社会）生活ないしは複雑な人間関係などから逃れるために移り住んできた新たな住人（夫婦）とみてよいでしょう。なお、冒頭の四行において、人里離れたこんな奥地にも過去から連綿と人間の生の営みが繰り広げられてきたのだと、改めて詩人は感慨深げに語り始めていきます。文明社会とは無縁にみえる僻地にも、文化的生活の象徴であるピアノや綺麗にペンキを塗り替えた家という存在がある（あった）こと自体が、一行目の「動かない」（"staying"）という言葉の持つ内容に、より深い意味を付加しています。一見、静かで動きや変化に乏しいこの田園風景のなかにこそ、我々は人間の営みのもっとも基本的で本質的な部分を読みとることができるというのでしょうか。このささやかな贅沢が、単なる物としてではなく、我々人間の文明をその根底から支えている生命の根源的エネルギーの現れ（＝

希望。欲求）を示すものだとすれば、ここに描かれた静かな風景は、複雑な人間社会のなかで、ともすれば人生の目的を見失い、無軌道に物理的繁栄を追い求めようとする現代人の心の深暗部に、大いなる問いを投げかけてくるような表象といえるかもしれません。同時にあのメイフラワー号の子孫たちに、彼らの祖先の姿を思い出させるような、一種のノスタルジーに満ちた回帰的世界を連想させる風景とみることもできるかもしれません。

第二連に移ると詩人の目は寒々とした冬のジャガイモ畑へと向けられます。朴訥としたひとりの農夫がジャガイモを掘り起こしていると、そこに例の家からピアノの演奏が聞こえてきます。彼はしばらく立ちつくしてその音色に耳を傾けながらも、掘り起こしたジャガイモの数をかぞえて、これで何日分の夕食になるかと考えているのでしょう。このように、この第二連では、生活に潤いを与える文化的象徴としてのピアノや新しく塗り替えたペンキと、生きるために大地を耕し、必要不可欠な労働にしか人生の意義を認めようとしない現実主義者たる農夫の姿が、はっきりと対照を成しています。この農夫の設定は、第一連二行目の二人称複数の「みなさん」（"You"）を第一の視点とすれば、第二の視点を表すものということになります。なぜなら、ここでの農夫には、「元気溢れるピアノの調べに　半ば耳を傾けながら」といった形で、ピアノ演奏を半ば都会生活者のお上品さや気紛れを示す不要なものとして拒絶する頑固な田舎者という役が割り当てられていると読めるからです。つまり、ここには「みなさん」に暗示される都市社会の不毛性と「(ジャガイモ掘りの) 農夫」(“digger”) が表す田園社会の閉鎖性という対立的視点の提示、および第三の視点としてあらかじめ用意されたこの土地への新参者「彼ら」や、「ピアノ」、「塗り替えたペンキ」(“new paint”) に象徴されるこの家の前の住人、さらには彼らの生活をみつめる詩人自身の目などが、複雑に絡み合っているのです。とくに次の第三連、第四連では、この新旧の新参者たちの生活の内面に目を向け、彼らの人生に思いを馳せようとする、詩人のより明確な第三の視点が全面に押し出されてくるわけですが、それは専ら自らの答を内に秘めた問いかけとして現れてくるのです。

　第五詩集発表から三年後の一九三一年六月の『田園的アメリカ』誌に掲載された「詩と田園生活」(“Poetry and Rural Life”) と題する興味深いインタヴュー記事がありますので、その一部を紹介しておきます。

「詩は都会よりも田舎のものであることのほうが多い」とフロスト氏は力説しました。「詩はとても、とても田園的で――質朴としたものです。それは田舎生活を思い出させるもの――まさに資源、資源なるもの――として存在しているのです。また、それは個性や外界からの隔絶から生じる、人間の象徴《シンボル》として考えられるかもしれません――そして、最初は作家自身のために書かれ、次いで社会への訴えや社会の目的へと移行していくのです。ちょうど人間集団が自らだけで最善の暮らしを送り――田舎や農場のより個人的な生活のなかで力を蓄えながら、最初は自らだけで――次に、市場に出ていき、さらに産業都市のなかで社会的活動をするようになるのとよく似ています。」

「僕としては、生活が後退したり、前進したりすることを期待しながら――現在は、農場にあってより個人的で、都会にあってはより社交的なのですが――懸命にバランスを保とうと苦労しているのです。」

「現在僕たちは、社会的産業社会に深く入りこみすぎつつあるので、そろそろ引き返すべき――自分自身を再生するために引きこもるべき――時点にあるのです。僕たちが引き返そうとしている田舎の生活について、前もって述べることはできませんが、きっとそれは、僕たちが何年か昔に出てきた田舎の生活とは同じでないと思います……」

「思うに、人は霊感を得るために自らの中に引きこもらなければならないのです、そうすれば人々に囲まれた生活から出てきた時に――また、ひとりで市場にやってくる時も――何某かの人物になっているのです。人は、ほとんど無駄と思えるほど、自分が独りにならなければいけないと悟るのです。

「田舎の利点は、そこが無償で多くの喜びを与えてくれ、多くの必需品を供給してくれる点にあります。我々のこの時代は、こうしたものをすべて捨てさり、それらを無価値なものとみなす傾向があるのです」

ここに語られている田園と都市および詩作の関係についてのフロストの基本的な考え方は、彼の作品を理解するうえで重要な手がかりとなるもので、彼の牧歌的表現様式の特徴を雄弁に語った発言になっています。

◉**「最後の草刈り」**（"The Last Mowing"）
初出は本詩集。

ここに描かれた木々と牧草地および花の関係は、本詩集巻頭の「春の水たまり」の世界と共通していることがわかるでしょう。ただ、前作の象徴性の高い描写と比べると、「最後の草刈り」のほうがより生活感のある農場の姿を――とくにデリー農場の牧草地およびその周辺の情景を――巧みに写し出しているといってよいかもしれません。本作は表題が示しているとおり、この草刈りを最後に住み慣れた農場を離れていく詩人（一家）の牧場に対する惜別の念や、自分たちが汗水流して草の刈り入れをおこなってきた牧草地が、やがて木々の侵入によってもとの森や林に逆戻りしてしまうことへの無念の思いなどが歌いこまれているのかもしれません。今詩人は、母家から遠く離れた（デリー農場の牧草地や森は屋敷のすぐ裏手にあった。ここでの「遙かなる牧草地」はこの地をさすことで、これから生じる詩人とこの地の間の物理的、精神的な距離感を伝える懐旧的な先行表現）森の近くにあるこの牧草地で、草刈り仕事をしながら、周りに咲き乱れる様々な春の花の邪気のない姿を目にして、自分がさった後の彼らの運命に思いを馳せます。おまえたちがこうして自由奔放に生を謳歌できるのは、今のこの季節しかないのだと。なぜなら、やがて春が過ぎ、夏がやってくると、森の木々がこの牧草地まで伸びてきて、やがてこの場所を暗い陰でおおってしまうから。そして、自分たちがさった後、この木々を切り除いてくれる者は誰もいなくなるだろうからと。

フロストが理想とする田園世界は、人間の生活とそれを取り囲む自然界とが、ある一定のバランスを保ち、相互に恩恵を施し合えるような地点に成立するものでした。ただ、この自然は必ずしも人間に対してつねに好意的とはいえず、ときには猛威をふるいながら様々な試練を課してくる存在でもあるため、フロストは絶えずそうした過酷な運命をいかにして受け入れるべきかという問題に腐心していくことになります。暗い運命に閉ざされたこの花々たちへの思いには、人生の折り返し地点を過ぎて、老いの兆しを感じるようになっていたかもしれない当時のフロスト自身の未来に対する不安や、青春時代への憧憬といったものが複雑に絡みあっているのかもしれません。

デリー農場を始めとして、その後英国時代も含めてフロストは、幾度か農場生活を送ったことがありましたが、終生その生活に根をおろすことはありませんでした。しかし、彼にとって田園世界での生活は、かつてソローが実践してみせたウォルデンでのそれと同様、様々な汚濁に塗れた人間の心を浄化し、魂の再生復活を促してくれる自省の場であったに違いありません。

◉**「生まれ故郷」**（"The Birthplace"）

初出はダートマス・カレッジ発行の一九二三年六月の『ダートマス・ビーマ』誌。

このソネットは、僕たちの心のなかにある少年時代や少女時代の思い出に対する郷愁や惜別の念を静かに写し出した作品です。今詩人は、子どもの頃よく遊んだとおぼしき故郷の山上に立って、かつて父親が湧き出る小さな泉を広げて、家畜や放牧人たちの水場造りに出かける際に、一緒にこの山に登ったときの経験や、その後幾度となくそこで他の子どもたちと遊んだ頃の時代を反芻しながら、自らの内に甦ってくる遠く過ぎさったかつての風景に思いを馳せているのです。その山は、子どもたちにとって、無垢な喜びや驚きを惜しみなく与えてくれる「母親」のような大いなる存在であったのでしょう。八行目の「動き回るもの」は野の動植物や風や雨を含む様々な自然現象や、さらにはこの山懐で歓声を上げながら遊びに打ち興じる子どもたちの姿をも示すものとなっています。そして、山はこうした自然のなかに溶けこんだ子どもたちの姿を、「いつも　その笑みのなかに　何かを湛えながら」静かに眺め、彼らを自分の子どものように慈しんでくれたのでしょう。九行目の「ほんの束の間　僕たちのことを」の後のダッシュ（――）は、目的語の省略を暗示しています。おそらく、そこには「自分の子どもたち」という言葉が意識されているのではないでしょうか。というのも、次の一〇行目の付帯的な状況を示す山の表情には、明らかに自然の中で戯れる子どもたちを温かく見守る母性的な柔和さが潜んでいるからです。

このように、複雑な人間社会の様々な制約や干渉に縛られることのない無垢な時代の自然との関わり方を振り返りながら、詩人はこの母なる故郷の山の手元を離れて、やがて世間の垢に塗れてしまった自己を今再び過去のこの地に置くことによって、自然と向き合おうとしているのではないでしょうか。ところが、この母なる山は無垢な心を失った大人をもはや受け入れてはくれず、しかも名前さえ覚えてくれてはいないのです。また、父がこしらえたあの水場もすでにそれとわからないほど木々に被われ、すっかり当時の面影を失っています。当時、この村の子どもたちは一二人しかいなかったのですが、その子どもたちが成長して巣立っていったあと、おそらくこの山上の泉のところを遊び場とする子どももはいなくなってしまったのでしょう。ここには時の移ろいとともに失われ、変化していく自己内部の無垢性に対する寂寥感がにじみ出ているようにも思えますが、ただ、ここで山が詩人を含むかつての子どもたちの名前を覚えていないだろうとする推測に、ネガティヴな気持ちがこめられているというわけでもなさそうです。むしろ、この故郷の山は無邪気な子どもを眺める優しい母であると同時に、その成長をそっと見守りながら、やがて子どもたちも独り立ちして人間社会に巣立っていくのだと覚悟していた母でもあることを、詩人の心に改めて思い知らせてくれる寡黙な存在なのです。とくに、一三行目の「山は　僕たちを　その膝の上から　押し出したのだ」という表現には、自分の膝の上でいつまでも甘えている子どもを無理やり突き離して、自分の足で歩いていかねばならないことを教え諭そうとする母親の厳しさが示唆されていることがわかります。このように、山が表象する故郷の風景には、温かさ、優しさ、厳しさを内に秘めた母性的表情が漂っています。しかも、詩人はそうした故郷に、自己の置かれた現実からの避難場としての役割を決して求めたりはしません。もはやそこには過去の自分たちの生活を復元できるような場所が存在しないことを、誰よりもはっきりと詩人自身が自覚しているからです。今の彼に許されているのは、この故郷の地に立って、時間の流れのなかに消失していった様々な過去の光景を静かに透視しながら、目の前に展開する現実を未来への可能性を秘めた歴史の一駒としてそのまま受け入れることだけなのです。

第六部

表題〈僕本来の直喩〉に添えられた副題にあるミネルヴァは、ギリシア神話のアテーナと同一視される知識と創造性を象徴する女神。彼女には、詩・医学・知恵・商業・製織・工芸・魔法の七つ、ないしは音楽を加えた八つの智慧があるとする見方があります。このパートに配置された七篇の作品は、自然と文明、宗教と科学、精神と物質などの問題を扱いながら、この女神の智慧に比喩的に呼応していると考えてよいでしょう。

◉**「暗闇のなかのドア」**（"The Door in the Dark"）

初出は本詩集。

この詩が書かれたのは、一九二八年六月で、当初は「暗喩についていえば」（"Speaking of Metaphor"）と題して、同年六月二一日に友人のルーイス・アンターマイアに送られたものでした。

日々の生活で誰しもが体験するような些細な出来事を通して、詩人はそこに思いがけない経験の様相や本質が潜んでいることを提示してくれることがありますが、この詩においても小さな体験の奥底から浮かび上がってくる人間の自己中心的な感情の断面が、極めて軽妙なタッチで描き出されているのがわかるでしょう。ここに描き出された状況は、私たちの心に潜むこうした独断、ないしは独善に対する軽い自己風刺を意図した暗喩となっているのです。たとえば、最終二行にみられる詩人の語りの軽妙さの奥には、より緊密であった人間と事物の遠い昔の関係への憧憬を表明する字句どおりの意味合いだけでなく、むしろそうした関係を望むこと自体が私たち自身のなかにある身勝手な思い——すなわち、期待を裏切られたことへの憤りや失望といった被害者意識——を逆に浮き彫りにしているのだとするような、自虐的精神が隠されているように思えてなりません。事物に対する過剰な信頼や期待も、よく考えてみれば、私たち人間の作り出した一方的な妄想なのかもしれません。だとすれば、ここに描かれた暗闇のなかでの詩人の行動およびその状況は、まさにこうした私たち自身の内面的盲目性を暗示する——象徴というより、むしろ象徴的読みを可能とするような空間としての——巧妙な意味の磁場となっているとみてよいかもしれません。

暗闇のなかで頭をドアに打ち当てた詩人自身が、ふだんなら軽い冗談で笑って済ませるところを、その痛みがあまりにも大きかったため、思わず皮肉のひとつもいいたくなったという具合に読めば他愛もない話で終わってしまうのでしょうが、より慎重な読者であれば、こうした状況に、最後の二行に簡潔に示されているとおり、人間に本来的に備わっているこの種の独善的、偽善的感情こそが、実は私たちの様々な社会的・個人的不幸を招く要因になっているのだという暗示を読みとることになるかもしれません。

文明の光度が増すにつれて、逆にその光に幻惑され、私たちの精神はまさに白い暗黒の世界で次第に孤立し、盲目化していくものなのかもしれません。では、そうした危機的状況から脱する手だてはいったい何処にあるのか？　詩人は自らに問いを発しているかのようです。ただ、ここにはその解答はいっさい示されてはいません。消失した事物と人間との関係についての指摘があるだけです。むしろ詩人は解答を意識的に避けているようにもみえます。安直で無責任な意見を提示することの危険を敏感に感じとっている詩人の暗示的姿勢を読みとるべきなのでしょう。つまり、ここには現代という高度に複雑化した時代を共有する人間として、同一平面上から、肥大した文明を冷静に眺めようとする意思が働いているといえるでしょう。それは、社会の出来事から自分を無関係な地点に据えて文明を批評するような姿勢とはまったく無縁のものなのです。

◉**「目の埃」**（"The Dust in the Eyes"）

初出は本詩集。

ニューイングランド北東部の厳しい自然環境をあるがまま受け入れながら、詩人としてのピューリタン的受容の姿勢を表明することで、おそらくフロストは、T・S・エリオットやエズラ・パウンドその他モダニズムの洗礼を受けた芸術家たちの動向を横目に、敢えてペダンティックな形而上的抽象議論を避け、直にこの自然に向きあうことによって、自己の内部に眠っているより自由な精神の活動領域を模索していたのでしょう。ここにみられる日常のさりげない小風景には、詩人としての自己の姿勢に対するそうした静かな願望がこめられているように感じられてなりません。今詩人は、自己の精神活動に歪みをもたらす様々な社会的欲望の殻に閉じこめられた自我を解放する手段として、自分の目に飛びこんできた「埃」という日常的障害物（＝試練）のイメージを利用することで、現実を積極的に受容していこうとする態度を打ち出しているのでしょう。先の「暗闇のなかのドア」が、自己内部に潜在する人間共通の自己中心的感情の一側面を鋭く描出した小品であったのに対して、ここではそうした感情に動かされやすい不安定な自我の存在を認識したうえで、そこから自己を取り巻く周囲の世界に様々な形で感応するこの複雑な自我の動きの本質が、刻々と変化する日常という有時限性のなかに存在することを確認し、改めて自己の詩人としてあるべき姿勢を表明した、一種の告白詩となっていると考えてよいかもしれません。そして、ここに表明された姿勢も、やはりこの『西に流れる川』の主旋律であるピューリタン的受容の精神をその根底に宿していることが察知できます。「吹雪」に向かって、思う存分吹き荒れてくれと告げる詩人の気持ちの背後には、フロスト特有の滑稽なポーズとともに、明らかにこの自然の力に自己内部に眠る様々な欺瞞や自我の本質を包みかくしている仮面を拭いさってほしいと願う彼のより切実な態度の現れをみてとることができます。このように、フロスト詩に登場する様々な様相を秘めた自然は、日々揺れ動く自己内部の矛盾に満ちた不安定な感情の波を鎮め、ある種の精神的浄化を促してくれる存在であったとみてよいでしょう。

◉「明るい日射しのなか茂みのそばに座って」
（"Sitting by a Bush in Boad Sunlight"）

初出は本詩集。

フロストによればこの作品が書かれたのは一九二八年。ただし、この作品の原型となるものは、すでに断片的なメモの形で一九二五年の彼のノートブックのなかに現れていました（ローランス・トンプスン『ロバート・フロスト——勝利の時代一九一五―一九三八年』一九七一年、六二七頁）。

神に関する類似性／作業仮説と／公理／一度だけ語って、以来語らず／かくして無生物から生物を呼びだすために、一度だけ熱を与えたもうた——一度だけで、繰り返しはなし。昔は、様々な驚異が存在していた。そんな驚異のひとつから我々は息を獲得——他の驚異からは連綿と続く世襲によって信仰を獲得。

作品創作に至るまでの経緯について、この断片的記録をもとにローランス・トンプスンは宗教と科学の問題に対する当時のフロストの信条を考察しながら、次のように説明しています。

これらの予備的な注釈からさらに続けて彼は、ある有効な科学の仮説と宗教上のひとつの公理の間に類比点があることを暗示するのを、可能にさせてくれるようなイメージを待ち求めていたようである。定義風にいえば、公理とは真実として遍く受け入れられている言説であり、一方仮説とは、ある事実を説明したり、さらなる調査の基礎を提供したりすることが認められた、未だ承認されていない理論や提案や仮定のことである。R・Fのような一信仰者にとって、神の存在に関する公理は、今は沈黙しているが、かつて神はモーゼその他の人々と直接話を交わされたという、聖書上の証言のなかに見出されるものなのかもしれない。それとは対照的に、進化論支持の科学者にとっては、有効な仮説は、かつて太陽の熱が無生物から生物を呼び起こしたということであり——さらには、この自発的生成に関する仮説こそが、創造主たる神という概念を不要なものにしていると主張してきた科学者たちもいるのだ。（トンプスン『フロスト——勝利の時代』、六二八頁）

すべての現象を科学的に解明しようとする傾向が強まりつつあった当時の風潮に対して、当初フロストはつねに懐疑的な姿勢を保っていました。たとえば、一九二五年に起こったスコープス裁判が当時のアメリカ全土を揺るがすほどの論争、つまり学校で進化論を教えるべきかどうかといった問題から、さらに神の存在を巡る科学と宗教の間の論争へと発展していったことを念頭に置けば、フロストがこの作品を通じて伝えようとしているメッセージの内容がかなり鮮明になってくるでしょう。とくに、前掲のフロストのラフスケッチからは、生命誕生の起源の神秘性に対して思索を巡らし、それを言葉に定着させるために具体的なイメージを模索する彼の精神が、自らの内に芽生えつつある新たな作品創造への渇きを強く自覚しているような響きが感じとれます。そうした状況のもとで、フロストはこの渇きにひとつの形を与えることになりました。そして、最初の草稿（ジョージア州ディケーターのアグネス・スコット・カレッジ所蔵）が、まず現在の作品の第四、第五連のイメージの原型として登場します。

As God once declared he was true
And then took the veil and withdrew
So the sun once quickened the earth
And left all that followed to birth.

かつて神は　我は真実なりと一度お告げに
　なった後
ベールを手に取って　お隠れになってしまわれた
同じように　お日様も一度だけ　この大地に生気を与え
あとに続くものすべてを　自由に誕生させてあげたのだ

その後この原型イメージにさらに肉づけが施され、現在の作品の第一、第四、第五の三つの連から構成された草稿が登場します。当初の表題は「その昔、奇跡があった」（"There Were Miracles in Those Days"）となっていましたが、さらに推敲が加えられ、最終的に『西に流れる川』に収録されるに際して現在のような形に落ちつきました。

この作品において問題となるのは、神の存在を巡る宗教と科学の間で繰り広げられてきた論争が創作の下地にあるという点です。第一連において詩人は今太陽の日差しを身に受けながら、太古の生命誕生時の神秘的風景を思惟し、ついで天地創造の聖書の世界へと連想を巡らします。とくに第二連は、地球上の物質「塵」が光と熱の作用を受け、化学反応を繰り返しながら、次第に有機的な生命体へと変化していく進化論的メカニズムを象徴的に描いた部分となっていますが、生命誕生に関する「科学」的説明部分の冒頭で二度繰り返される「二度」、および創世記第三章一九節の「汝塵なれば、塵に戻るべし」を連想させる「塵」などは、次の第三連の聖書的世界への伏線として周到に用意された用語でもあります。地球上に生命が誕生して以来、その後「塵」すなわち「お日様に打ちすえられたねば土」にかつての「奇跡」がなぜ起こっていないのかという歴史的事実を前に、詩人は科学でも聖書でも説明のつかない問題を提起しながら、その謎や矛盾を解きあかす鍵として、第四連においていわゆる「理神論」(Deism)的な神の関与の仕方(「かつて神は我は真実なりと一度お告げになった後／ベールを手に取ってお隠れになってしまわれた」)を援用します。なお、この第四連後半で展開されている「茂み」のイメージは、「出エジプト記」第二節―第四節において、イスラエルの民を救出するために神がモーゼに示された有名な啓示の場面からとられたものです。

ときに主の使いは、しばの中の炎のうちに彼に現れた。彼が見ると、しばは火に燃えているのに、そのしばはなくならなかった。

モーゼは言った、「行ってこの大きな見ものを見、なぜしばが燃えてしまわないかを知ろう」。

主は彼がきて見定めようとするのを見、神はしばの中から彼を呼んで、「モーゼよ、モーゼよ」と言われた。彼は、「ここにいます」と言った。

エジプトで苦しむイスラエルの民の苦境を目にした神がモーゼに白羽の矢を立てて、彼にその救出の役割を託そうと説得するこのくだりを、先のフロストのそれに重ねて読み直してみると、ここには神がモーゼに必要なメッセージを伝え終えた後、燃えていたはずのしばの茂みに何ごともおこらなかったかのように音もなく姿を消してしまう場面が連想されます。ただ、ここで詩人が問題にしているのは、モーゼが神から受けた啓示の意味内容についてではなく、むしろ「燃えさかる茂み」のなかに姿をみせた神の出現の仕方そのものの神秘性なのでしょう。

最後に、第五連において、詩人はその大いなる御業に端を発する生命誕生の奇跡に思いを馳せながら、こうした神の出現の神秘性や不干渉の立場を肯定することによって、進化論的生命科学と宗教の間隙を埋めようとします。特に最終二行は、喧しく論議が展開されていたこの両者の優劣を問題にする立場ではなく、むしろフロスト個人のなかに芽生えつつあった新たな生命哲学が、宗教と科学の合一という形で実を結んでいることを示したものとなっているのです。人間には、他の生命体と同様に自己保存の本能が「ひとつの推進力」、すなわち科学的、物理的な力として備わっていると同時に、様々な危機や不安を克服するための「もうひとつのそれ」、すなわち、より高次の精神環境を作りたいと願う宗教的衝動が備わっているのだと、詩人は指摘します。そして、あの一回限りの奇跡によって産み出された生命の活動の根底に横たわるこの両者の「推進力」（ベルグソンのいう「生命のはずみ」）こそが、生命の自立性と神の不干渉の問題を矛盾なく説明できるものとして、今詩人の心に確信を与えているのでしょう。

◉「ひと抱えのもの」（"The Armful"）

初出は一九二八年二月八日の『ネイション』誌。

ここに描かれたごくありふれた風景は、日常性という現実空間にフロスト特有の比喩的意味空間が広がっていることを意識させるものとなっています。詩作に耽っているとき、フロストはしばしば買い物などの家族の用事のために作業を中断させられることがあったようです。詩人としての生活を送りながら、家庭人として、ときには教師として、さらには社会生活を営む人間として、様々な役割を同時にこなすことは、フロストのような自意識の強い人間にはかなり困難な問題であったのかもしれません。したがって、この作品にみられる詩人の積極的な口調とは裏腹に、その通奏低音部分には、煩雑な日常の小さな経験の繰り返しによって、しだいに彼のなかに沈澱していく義務感や重圧感と、それから逃れたいと密かに願う鬱屈した願望との微妙な絡み合いが潜んでいるようにも思えます。ただ、そうした一種の「自己同一性」喪失の危機感を絶えず意識的かつ自覚的に（「手と頭と心など　味方にすべき／すべての手段を使って」）

保持しつづけることによって、彼は失敗や挫折を繰り返しながらも（「身を屈めて　手荷物を　つかもうとするたびに／両腕と両膝から　何か他のものが　こぼれて、／瓶や　ロールパンの手荷物の山全体が　するすると滑り落ちていく」）、彼なりのやりかたで（「ひと抱えの荷物を　路上におろし／何とか運びやすい形に　積み直さなければならなかった」）、自己の果たすべき本分を全うするのだと自らを鼓舞します。こうした積極的な姿勢表明の背後にあるものは、自己の内部で燻っていた錯綜的感情に対するフロスト個人の危機感であり、その危機的精神状況を脱するための現実認識ではないでしょうか。

◉**「騎手たち」**（"Riders"）

初出は本詩集。

フロストの得意とする四行連構成のこの作品は、弱強調を基調とした英雄詩体《ヘロイック》・二行連句《カプレット》を用いながら、その題材のスケールの大きさに即したダイナミックなリズムを作り出しています。しかも、内容的には、先の「明るい日射しのなか茂みのそばに座って」で扱われた生命誕生の神秘に関するスコープス事件以来の論争に、また異なった角度から彼独自の、広い意味での「存在論」を織りこんだものとなっているのです。

まず「この世でもっとも確かなことは　僕たちが騎手であり」（The surest thing there is is we are riders）といった形で、断定的な口調で始まる第一行目の弱強六歩格（最後の強勢音の脱落は riders の後に「休止」が置かれることを暗示）には、人間の存在価値に関する喧しい議論を前に、様々な懐疑と経験を経て得られた詩人独自の確信が表出していると同時に、さらに第二連以下においては、天地創造以来、良くも悪くも世界（陸・海・空）の支配者として、地球すなわち制御しがたい「裸馬」という自然にしがみつき、そこから振り落とされまいと懸命に生の営みを繰り返してきた「無知・無謀な」人類（「幼児」のイメージで描かれている）の過去の歴史、および人間内部に潜在する精神的未熟さなどに対する自戒的、自嘲的精神が顕在化しています。そして、詩人はこうした互いに相反する方向性を持った感情の狭間に立って、営々と繰り返されてきた無力な人間の営為を意識しながらも、最終的には自然と人間の関係に新たな展開の可能性があることを、「僕たちなりに今まで試したことのない名案が　いくつかあるのだ」といった具合に、軽妙洒脱なタッチで暗示しているのでしょう。

なお、この作品に用いられた比喩に関して、読者によっては、議論の核心部分に抽象的、観念的な要素が過剰に介在しているために、そのイメージの具象性との結びつきが不自然になっている——つまり、比喩そのものと比喩の内容との間に大きな乖離がある——と感じられる場合があるかもしれませんが、実はここには、「西に流れる川」の「夫婦」間で交わされる、人間存在に関する哲学的対話の構図と同様、日常経験の濾過・精製を繰り返しながら、やがてそこに結晶となって現れてくるフロスト特有の言葉遊びの世界があることを考慮しておく必要があるでしょう。

ニューイングランドでの農場生活の一齣として、たとえば操りにくい裸馬を前に、苛々しながらあの手この手を駆使し、失敗にめげることなく何とかそれを乗りこなそうと意固地になっている「子どもじみた」人の姿がまず浮かんでくるかもしれません。ここに描かれた映像の原点には、案外この種の小さな個人的体験がその根っこにあるのかもしれません（ちなみに、デリー農場時代フロストはユーニスという手懐けにくい馬を飼っていました）。「プラグマティズム」の影響を強く受けた経験型のフロストのような詩人ならではの発想と考えれば、ここに描かれた一見「観念」が先行しすぎているとも思える比喩の世界にも、やはり彼の「生活のにおい」を感じないではいられません。

◉**「ふと星座を見上げると」**（"On Looking Up by Chance at the Constellations"）

初出は本詩集。創作年代は一九二七年。

先の「騎手たち」の流れに沿うかのように、この作品にもコズミックなイメージが使用されています。しかも、内容的にも「騎手たち」と同様、人間の営為に対する詩人の歴史的視点が主題の展開に重要な役割を果たしていることが読みとれます。ただ、この作品全体には、主題の焦点がどこに当てられているのか、にわかに判断しがたい微妙な要素がまとわりついています。天上の世界と地上の人間世界、外的な現実世界と内的な精神世界などの明確なコントラストが示されているわりには、詩人の話の焦点がかなり曖昧に暈されているようにも感じられます。このあたりの問題を考えるうえで、まず確認しておく必要があるのは、フロスト詩における星座などの天体イメージがどのような機能を果たしているかという点でしょう。

フロスト詩に登場するコズミックなイメージは、本詩集所収の「大犬座」の場合と同様、単なる修辞的な表現法のひとつとしての「比喩」というより、むしろ「詩人の精神の表象」、すなわち、日々様々に揺れ動く詩人の心を狂気から救ってくれる精神的支軸としての不動の象徴《シンボル》となっているわけですが、この作品の場合も基本的にはそうした役割が意識されていることがわかります。とくに、「大犬座」では、「必滅の」（"mortal"）存在である詩人と「不滅の」（"immortal"）星座との精神的対話を促す「みる」という静的な行為の重要性がユーモラスに暗示されているのに対して、この作品においては、その軽妙な語り口とは裏腹に、そうした行為の背後に詩人のより切実な現実との葛藤が描きこまれているように思えてなりません。

今詩人は、雲や北極光に包まれた夜空の、遙か彼方の高みに点在する星座や月や太陽に思いを馳せながら、星たちは決して地上の人間ようには、「接触する」ことも、「衝突する」ことも、「火花を散らす」こともなく、宇宙という壮大な自然の秩序のもとで永遠不滅の存在として、太古の昔から我々の歴史を静かに眺めてきたのだろうと空想を膨らませていきます。現代の科学からすれば、かつての古い天文学や宇宙観がそのまま通用するはずもない話でしょうが、もちろんここではそうした科学的根拠の真偽云々を問題にしているわけではありません。有限の生に縛られて様々に揺れ動く人間が、自己の存在の不安定性、不確実性を自覚したうえで、むしろ星座をその対極にある今ひとつの不動の精神的高みの象徴としてみつめている点に重要な意味があるといってよいでしょう。とくに、八行目から一〇行目で詩人が提示する「僕たちも　我慢強く　さらに人生を送りながら、／星や月や太陽ではなく　何処かほかのところに自分たちを正気に／保つのに必要な　刺激や変化を探し求めたほうがよいだろう」という一節が、精神的支柱として我々が求めるべき心の方向性を示唆するものであることはいうまでもありません。それは、「自分たちを正気に／保つのに必要な　刺激や変化」を求めて絶えず翻弄され続ける人間にとって、最終的に自己の存在理由を確認するうえで避けて通ることのできない、不動・不変の指標たる宗教的世界への暗示とみるべきなのでしょう。ただし、ここでの詩人の立場は、この地上の現実世界での我々の生の営みの無為性を強調することで、この宗教的世界の優位性のみを一方的に説くようなものになっているわけではありません。彼は、「どんなに長い干ばつも　最後には雨を迎え／中国でもっとも長く続いた平和も　抗争のうちに　終焉を迎えることになる」とするような大局的な歴史認識を通じて、ややもすれば安易な空想的世界（「自分に都合のいい時間に　ひっそりとみているときに　もしかすると／天空の静けさが壊れるのを　目撃できるかもしれない　と期待して」）に逃避しがちな自己を含む人間の弱さを戒めながら、敢えて現実世界に身を晒すことによってのみ得られる個別的・多元的経験世界をより高次なものへと昇華させようと、自らに語りかけているかのようです。そして、この現実直視の姿勢こそが、星座と人間の間に深い精神的対話を提供してくれるものであり、一方、つねに変化や刺激を、星座を含む自己外部の世界に求めようとする他者依存型の消極的姿勢からは、結果的には妄想と空虚さ以外には何も得られないということになるのでしょう。「星や月や太陽ではなく　何処かほかのところに　自分たちを正気に／保つのに必要な　刺激や変化を　探し求めたほうがよいだろう」と語る詩人のユーモラスな提言は、宗教的・精神的世界への暗示があると同時に、日々我々がいかにこうした受動的態度に終始して、人生に不満を抱きながら不毛な生活を送っているか、さらにそうした我々の心の在り様がいかに空疎なものであるかということを逆説的に浮かび上がらせるものともなっています。しかも、この詩人の声には、つねに自己批評の精神が潜んでいるのです。最後に置かれた「あの静けさは　どうやら今宵も　ずっと無事に続きそうな気配がするからだ」という感想めいた言葉などは、彼が今どの位置に居て、何をみているか、そして自己のなかに渦巻いている感情が決して特別なものではないことなどの諸々の思いを寡黙に告げているからです。要するに、僕も皆さんと同じように身勝手な空想にとり憑かれて、星や月や太陽を眺めることもあるでしょうが、どうやら期待どおりの異変など起こりそうもないから、今夜のところはこのあたりでお開きにしたほうがよさそうだとでもいっているかのような、絶妙のおかしさが漂っているのです。

◉**「熊」**（"The Bear"）

初出は本詩集。

単行版『西に流れる川』の巻末を飾るこの詩は、熊と人間との対照性を描出しながら、自由と束縛の問題に焦点を当てた寓話的な作品となっています。創作のきっかけとなったのは、かつてフロストが住んでいたニューハンプシャー州北部のフランコニアで起こった一九二五年の夏の「熊の出没」事件であったようです。

まず詩人は、最初の一一行で、自らの意志に従って自由に行動する雌熊のユーモラスで勇猛な姿を描いています。突然山から下ってきた熊の突進の前には、人間が作った石垣や有刺鉄線などは無力なものでしかなく、結局この自然を支配しているはずの我々の文明の力も、ときには思いがけない弱点を露呈することがあるというのでしょう。「この世界には　熊に自由を味わわせてやれるだけの余裕が　まだ残っているのだ」という詩人の冗談めかした声には、単にこの世界にはまだ人間の文明に毒されていない領域が残されているというような字義どおりの意味だけではなく、むしろ人間中心主義の文明に対する軽妙な皮肉がこめられているのかもしれません。つまり、詩人は熊のエピソードを持ち出すことで、逆に人間は文明の名のもとに、自然を我がものとして自由に操ろうと努力を重ねているうちに、自然との健全な関係を見失い、しかも自らが自らの行動の自由を制限していることすら気づかなくなってしまっていると示唆しているのでしょう。その意味で、人間世界の秩序を打ち破って突然姿をみせたこの熊の破壊的行動は、実は我々自身のなかに潜在する本能的な衝動をも暗示しているように思えます。そして、次の一二行目以降では、こうした衝動を自己内部に封じこめたまま、様々な規範に縛られて自己の本然の姿を見失った人間の姿が寓意的に描かれているのです。

もはや人間には、この熊のように自然を味わい楽しむ余裕を持つことができなくなってしまっているのだとすれば、「理性が指し示してくれるすべてのものを　意固地にはねつけているのだ」という一節は、まさに人間の盲目性を痛切に揶揄したものであるといわねばなりません。しかし、同時にそこには、自らもが同じ危機に晒されていることを自覚せねばならないのだとするような自戒的姿勢も潜んでいるのでしょう。苛立ちと怒りの感情に支配されるあまり、自らの閉塞的な状況（「檻に入れられた哀れな熊」）を振り返る暇もなく、ただひたすら前進を続ける人間の姿には、痛ましささえ漂っていると詩人はみているのです。この自然という世界をあるがままに受け入れるのではなく、「望遠鏡」と「顕微鏡」＝科学万能主義や、「ギリシア人の考え」＝既成の形而上学的思弁の権威の枠にとらわれすぎて、自らの意志や考えを伝える術や気力を失ってしまった人間の悲劇的現実（「座って働いているときも　歩き回って働いているときも／だぶだぶした姿というものは　同じように　痛ましいものである」）に対する憐憫さえもが伝わってきます。そして、この憐憫の背後からは、人間のあるべき本来の姿に対する詩人の希望の声が微かに聞こえてくるような気がしてなりません。

このように、「熊」は、単に熊と比べて人間の生き方がいかに窮屈で不自由なものであるかといった問題に関する詩人の嘆きを歌ったものでなく、むしろ人間と熊との生き方の違いを比較対照する形式をとりながらも、実は、人間内部に潜む自然との調和ある関係の回復を願う指向性や衝動が、熊の破壊的行動のなかに投影された寓話とみてよいかもしれません。つまり、詩人の視線は、より複雑化した社会に生きることを強いられるあまり、理性と感情のバランスを失いつつある現代人の心の不毛性や肥大化した自我（「だぶだぶした姿」）がもたらす様々な病理を寓話、寓意という様式を用いて描き出しながら、改めて自然との健全な関係を見直すきっかけが何処にあるかを示唆する方向に向けられているのではないでしょうか。

【補遺】

◉「美しきものにはお好きなように」（"The Lovely Shall Be Choosers"）

一九二九年、ニューヨークのランダム・ハウス社の小冊子「四つ折り版・詩歌集」（"The Poetry Quarto"）シリーズの一冊として初登場。草稿段階では「償い」（"Retribution"）と「（人生の）敗北」（"Defeat [in Life]"）のふたつの表題が用意されていました。また、フロスト自身の言葉によれば、「この詩は、フランコニアで冬のすきま風から足を守るために、自家製の文机つきの食事椅子に座って書いたもの——ただし、一気に書き上げたわけではなかった」ということから、その創作時期は一九一五年から二〇年頃と推定されています。

この詩は、母イザベル・ムーディ・フロスト

(Isabelle Moody Frost) をモデルにして、女性の生き方について綴った作品となっています。ただ、なぜかフロストは自分の母親に関してあまり多くを語ろうとしなかった詩人だけに、この異質な作品が後に『西に流れる川』に敢えて収められることになったのには、それなりに固執すべき問題があったのではないかと考えずにはいられません。そこで、ここに扱われた母親に関する奇妙で、謎めいた話を理解するためにも、彼女を巡る伝記的な事柄に多少なりとも触れておく必要があるでしょう。長くなりますが、それを次に紹介しておきます。

誕生後間もなく船長であった父を海難事故で失い、さらに子育てを放棄した母が失踪。幼くして父方の祖父母のもとで養育されたイザベルは、祖父の死を契機に、祖母と共にスコットランドのエジンバラに別れを告げると、銀行家の叔父トマス・ムーディ (Thomas Moody) を頼って合衆国オハイオ州コロンバスに移住することになりました。一八五六年、イザベル一二歳のときのことでした。幼い頃から敬虔な長老派教会の信徒であった祖父母の影響を受け、神秘的な宗教体験を信じるようになった彼女は、裕福な叔父のもとで何不自由なく育てられ、その後ペンシルバニア州ルイスタウンの小さな私立学校ルイスタウン・アカデミーの教員になります。そして、このアカデミー時代に彼女はのちに詩人の父となるウィリアム・プレスコット・フロスト (William Prescott Frost, Jr.) と出会うことになりました。

ニューイングランド生まれで、ハーバード大学出身のウィリアムは、「若者よ、西部をめざせ」というホレース・グリーリーのスローガンに啓発され、サンフランシスコでの立身に強い野心を抱く青年のひとりでした。そこで彼は、自己の野心を実現するための資金稼ぎ目的で一八七二年にルイスタウン・アカデミーの新任校長のポストに就きました。教師の少ないこの小さなアカデミーでの出会いは、ごく自然にふたりの若者の距離を縮め、六ヵ月後の一八七三年三月一八日に夫婦となりました。三ヵ月後の六月に学期が終了すると同時に、夢の実現のためにウィリアムは、イザベルと共にアカデミーの職を辞し、一時的に彼女をコロンバスの実家に預けて、ユニオン・パシフィック鉄道で単身サンフランシスコに旅立っていきました。

七月九日にサンフランシスコ湾を臨むオークランドに到着したウィリアムは、フェリーで対岸のサンフランシスコに渡ります。生活の基盤作りのために彼は、いくつかの新聞社の門を叩きながら、数週間の見習い期間を経て、クレイ通五一七番地にオフィスを構える『イーヴニング・ブルティン』紙に職を得ました。一一月になって、漸く生活のめどがついた彼のもとにイザベルが呼び寄せられました。新聞社のオフィスから三ブロック離れたところにある、パイン通七三七番地のアパートでの生活は、当初家事に不慣れな妊娠中のイザベルにとって負担が大きすぎると考えたウィリアムは、アパートを引っ越しアボッツフォード・ハウスというホテルで新婚生活を送ることになりました。以後、ホテル生活に飽きると、夫妻はよりよい居住環境を求めて、市内でアパートを何度か住み替えました。

一八七四年三月二六日の夜、夫ウィリアムの立ち会いのもと、イザベルは男児を出産。南部贔屓のウィリアムは、イザベルに相談することなく、リー将軍に因んでロバート・リー・フロストと命名しました。ところが、元来イザベルほど信仰に熱心ではなかったウィリアムは、ロバート誕生直後から、しだいに飲酒や賭博など不摂生な生活にのめりこみ始め、とくに飲酒による彼の暴力がイザベルを苦しめるようになりました。そして、苦悩に満ちた生活からの救いを求めて、彼女はさらなる信仰の世界へと入りこんでいきます。

父方の祖父と同じように、天使や精霊を透視できる力（second sight）を信じる神秘主義的傾向の強かったイザベルは、長老派教会の教えでは救いを求めることができないと判断し、このサンフランシスコ時代に隣家に住んでいた新エルサレム派教会の牧師ジョン・ドーティと知己を結ぶことになります。スウェーデンボリの教説を支持するドーティ牧師は、ウィリアムとの結婚生活が破局を迎えるのではないかと不安を抱いていた彼女の悩みに、熱心に耳を傾け、様々なアドバイスを与えてくれました。そして、この牧師なら荒んだ夫の心を癒してくれるのではないかと淡い期待を抱いて、ウィリアムをスウェーデンボリ派の教会に入会させようとするのでが、不道徳な生活に明け暮れる夫から逆に強い反発と罵りの言葉を浴びせられ、いっそう深く傷つけられることになってしまいました。結局、敬虔な信仰生活とは無縁な夫の関心が、もっぱらボヘミアンのたむろする酒場での政治や芸術を巡る論議や喧嘩や賭博などに向けられていたことを、改めて思い知らされたのです。日増しに激しくなる夫の暴力に我慢できなくなった彼女は、第二子妊娠を口実に、彼を何とか説得して旅費を工面し、一八七六年の春にロバートを連れてマサチューセッツ州ローレンスの義父母のもとに戻ります。そこで六月二五日に無事ジニー（Jeanie Florence Frost）を出産したあと、コロンバスでの教師時代に数年間同僚であった親友セアラ・ニュートン（Sarah Newton）の実家のある同州グリーンフィールドの農場を訪れ、夏休みで帰省していたセアラとともにひと夏をそこで過ごしました。このとき、義理の両親がイザベルに対してどのような態度で接したかについては詳しいことはわかっていませんが、出産後間もなく夫の実家をさって、親友とはいえ他人の世話を受けなければいけないという状況から推測すると、やはりふたりの結婚への義父母の態度が彼女に居心地の悪さを感じさせたのではないかとみるのが自然かもしれません。

その後、母とふたりの子どもはグリーンフィールドから親戚や友人知人の住むオハイオ州コロンバスへ汽車で移動し、そこで秋のシーズンを過ごしたあと、一一月の下旬にサンフランシスコに戻ります。妻とロバートが不在の間に、夫のウィリアムは民主党代表の大統領候補サミュエル・J・ティルデンの選挙戦を控えて精力的に政治活動をおこなうようになっていました。当時のカリフォルニアは、低賃金の中国人労働者の移入が既存の労働者の生活を脅かしているという問題を抱え、さらに金融破綻や経済不況に喘いでいました。民主党は、こうした現状を産み出したグラント大統領現政権の共和党を打ち倒す絶好の機会とばかりに、この年の秋の選挙で政権を奪おうと奮い立っていたのです。ところが、ウィリアムの努力や期待もむなしく、ティルデンは共和党のラザフォード・B・ヘイズに破れました。しかし、ウィリアムは、その後もジャーナリストとして民主党を支持して献身的に活動を続けていくことになったのです。

サンフランシスコに戻ってきたロバートは、その後九年間、ジャーナリストとして政治の世界で様々な人物との交流を持つ父ウィリアムの影響を受け、「男らしさ」への憧れを抱くようになりました。また、母イザベルは信仰に没頭するあまり、子育てにふさわしい環境作りや家事を疎かにするところがありましたが、子どもの道徳面や情操面の教育に関してはかなり熱心で、聖書のエピソードやシェリーやブラウニングをはじめとする様々な文学作品、さらには自作の物語などをしきりに読んで聴かせていたようです。ただ、住み易さを求めてホテルやアパートを転々と移動していく不規則な生活は、通常の夫婦が築くような団欒に満ちたそれとはかなり異なっていました。同世代の子どもの親たちの生活を横目に、ロバートはこの不安定な暮らしぶりや、家庭的な暖かさをどのように受け止めていたのでしょうか。

そうした不規則な生活のなかで、酒が入るたびに別人のようになる父の粗暴なふるまいと、それに苦しめられる母イザベルの姿を陰で目にしているうちに、しだいに「強い父」の姿に対する憧憬と幻滅の入り交じった複雑な感情が、幼いロバートのなかに無意識のうちに植えつけられていったとしても不思議はないでしょう。

一八八五年五月五日ウィリアムの病死（肺結核）によって再び東部に戻ることになったとき、祖父母から与えられた最低限度の援助に対して、若いロバートは強い不満を覚え、とくに母に対する祖父の冷たい処遇に、子ども心にも、深い怒りと恨みをつのらせていきました。やがて、間借りしていた義理の両親の家を出ることになったイザベルは、子どもを養育していくために、ローレンスの町に自宅兼教室として使える部屋を借り、私塾のような小さな学校を開くことになります。以後、彼女は再婚することなく、ふたりの子どもを育てながらこの私塾の経営を細々と続けていきます。

一方、ローレンス・ハイスクールを卒業したロバートは、ダートマス・カレッジに進学したものの、結婚を誓いあった高校時代の同級生エリノア・ホワイト（Elinor White）への思慕の念を抑えきれず、一学期で退学。その後、彼は母の学校の手伝いをはじめ、様々な仕事を転々とし、一八九五年一二月にようやくエリノアとの結婚に漕ぎつけました。新婚当初、経済的な余裕がなかったため、イザベルは、二部屋しかない自宅兼私塾の手狭なアパートで、収入の少ないロバート夫婦と彼の妹ジニーとの四人同居の生活をしばらく続けます。すでにこの頃からイザベルの身体を病魔が蝕んでいました。五年後には息子夫婦も祖父ウィリアムの援助でデリーに農場を購入し、なんとか自立の足がかりを得ることになりました。こうしてイザベルは、ふたりが独立するまで彼らの結婚生活を静かに見守り続けながら、一九〇〇年一一月二日に癌のためその波乱に富んだ五六年の生涯を閉じたのです。

幼い子どもたちと夫の亡骸を伴い、傷心の思いを抱きながら、頼るべき肉親のもとに戻ってきた母イザベルが、当初、肩身の狭い境遇に置かれることになったのも、もとをただせば、家庭を顧みない父ウィリアムの不摂生な生活が原因だったのではないかという思いが心の傷として、その後ロバートの意識のなかに刻みつけられることになったのでしょう。祖父母が身内であるはずの母に対してこのように冷たい態度を示すのは、ふたりの結婚に問題があったからではないかとロバートは疑うようになります。つまり、父と母の結婚は、祖父母が望むものではなかったのだと。あるいは、父ウィリアムの強引な行動によって、逆に母のほうが無理やり結婚を承諾せざるをえない状況に追いこまれたのではないかと。いずれにせよ、母に誘惑され、妊娠という既成事実を楯にした結婚によって息子を奪われたという思いがあるからこそ、祖父母はあのように母に冷たくするではないかというロバートの疑念は、しだいに確信へと変わっていったのです。彼らにすれば、息子の死は、イザベルとの不幸な結婚に起因するものだと考えたかったのでしょう。そして、後年にいたるまで、ロバートが自分の年齢を一歳若く勘違いしていたのも、実はこうした自分の出生を巡って、母親の秘密を人々の好奇の目にさらしたくないとする気持ちが彼のなかで蠢いていたからかもしれません。もちろん、事実はこれとはまったく異なり、ロバートが誕生したのは両親が結婚してから十分な時間をおいてのことでした。ただ、彼にしてみれば、身内の助けを当てにすることなく、様々な試練に我慢強く対処する母イザベルの寡黙で清廉な姿は、どこかに負い目を背負った聖母マリアのようなものとして映っていたのかもしれません。そして、父ウィリアムと結婚していなければ、母もより幸福な人生を送ることができたのではないかという思いが、女性の生き方に対する彼なりの思索を巡らすきっかけを与えることになったのでしょう。したがって、そんな母への思慕の念が――母についてあまり公然と語ることのなかった彼としては珍しく――後に「美しきものにはお好きなように」を『西に流れる川』へ追加するという形で実を結んだのも、決して偶然のことではなかったのです。とくにこの作品に登場する七つの喜びの内容や、謎の「声」とその配下にある複数の「声たち」の奇妙な対話の背後には、ある部分で読者の理解を拒絶しているような不可解さが漂っていると同時に、逆にベールに包まれた母の秘密を記録し、残しておきたいと願う詩人の複雑な気持ちが見え隠れしているようにも感じられるのです。

　この作品を一読して、まず読者が最初に感じるのは、作品冒頭に登場する謎の「声」とその配下にあるとおぼしき複数の「声」たちの正体、および、そのやりとりが何を意味しているかという素朴な疑問でしょう。とくに、最初の「声」が唐突に命令する「彼女を　下に投げ落とせ」、「世界の七つ下の段階にだ」という台詞の不可解さは、これが好みのうるさい「彼女」に課せられるべき罰なのか、それとも試練なのかを咄嗟に判断しがたいところから生じてくるものなのでしょう。ただ、五行目以降の説明から、「彼女」が条件のよい結婚を敢えて拒み正反対の選択をした女性であることがわかります。したがって、周囲の期待を裏切ったという意味では、「彼女を下に投げ落とせ」には、ある種お仕置き的な意味合いもこめられていると考えてもよいでしょうが、そこには、いかなる力をもってしても彼女のような人間の心を操ることはできないのだから、せめて苦労の階段を少しずつ昇らせることで、彼女に小さな喜びを与えていこうという意図も隠されているのでしょう。それが、この「声」たちにできるせめてもの抵抗といえるものなのかもしれません。このように考えていくと、ここに登場する「声」と「声たち」の正体は、人間の運命を翻弄するギリシア、ローマの神々的なものを連想させると考えられなくもありません。さらには、女性としての母親の生き方に積極的な意味づけをしようとするフロスト内部の葛藤を映し出す内省的な声なのかもしれません。ともかくフロストは、（神々がもてあますほど）意志の強い女性として、母の姿を思い描いていたのでしょう。一二行目から一八行目に描かれている「彼女」の毅然とした華麗な姿は、まさに少年時代に目撃した美しい母の姿を反映したものとみてよいでしょう。なお、先の「世界の七つ下の段階」は、試練の段階数を示唆するものであると同時に、二一行目以降で展開される内容から判断できるとおり、実はその試練を乗り越えたときに得られる喜びの段階を示す数字でもあるのです。ただ、ここでそれに要する時間を「二〇年」としている、その数字の根拠のほうは定かではありませんが、一応イザベルの結婚から、子ども（ロバート）が成人するまでのおおよその期間と考えればよいでしょう。そこで次に、二一行目から展開されていく七つの喜びの内容について、伝記的背景を念頭に置きながら順を追って考えていくことにします。

まず第一番目の喜びとして提示されているのは、婚礼、すなわちウィリアムとイザベルの結婚の話ですが、その後に「彼と彼女のふたりだけにしかわからないもの」という但し書きがついています。これは、いうまでもなく、この結婚の背後にふたりだけの秘密があったことを示唆するものです。つまり、フロストは長い間、婚前に母が自分を身籠もったと信じ、その思いこみがこのように不可解な間接的表現を彼に選択させることになったのでしょう。したがって、この喜びにはその代償として母に課せられることになった試練への暗示が含まれていることになります。もしかすると、母は自分の望んだ結婚をしたわけではなかったのではという疑念さへもが、彼の胸中にあったのかもしれません。

次の第二の喜びは、悲しみの秘密を友人の誰にも知らせずにおくこととあるわけですが、これはいったい何を意味するのでしょうか。ウィリアムとの関係がなければ、イザベルにはより幸せな結婚を約束してくれるような相手（"love"）がいたとでもいうのでしょうか。もしそうだとすれば、遠くカリフォルニアに旅立っていくとき、その人との別れは、まさに人には伝えられない悲しみであり、秘密にしておくべきものということになるでしょう。一見すると論理矛盾があるように思われますが、ここには母の清廉さを守ろうとするフロストの気持ちを組みこんで考えれば、別離の悲しみを乗り越え、この美しい思い出を口さがない人々に汚されないよう大切に胸のなかにしまっておく行為もまた、彼女自身の人生美学に適った喜びだといえるでしょう。さらに穿った見方をすれば、「彼女が悲しむことになっても　その悲しみを秘密にしておく」という言葉には、次の第三の喜びへの伏線となる、妊娠の問題が示唆されているのかもしれません。

二八行目から三〇行目で語られる第三の喜びは、文字どおり、遠くサンフランシスコに移住したおかげで、もはや過去の秘密を詮索されたり、婚前に身籠もり現在妊娠中（とフロストは思いこんでいたようですが）という恥ずべき事実を知人たちに知られたりせずにすむことからくる、安堵感ということになるのでしょう。もちろん、ここには先にも触れたとおり、フロスト自身の事実誤認があったわけで、実際に母が結婚したのは一八七三年三月一八日、フロストが生まれたのは約一年後の一八七四年三月二六日ですから、婚前に彼女が妊娠していた事実はなかったのです。

第四の喜びは、いうまでもなく、ロバート自身と妹ジニーのふたりの子どもの誕生について言及したもので、このくだりには、子どもたちの前で華麗にたちふるまっていた気品溢れる母イザベルへのフロストの回顧と思慕の念が彷彿としています。また、過去の恥ずべき経験のせいで、周囲の人々から猜疑の目を向けられ、自分の殻に閉じこもるようになった彼女のために、相談相手になってやれるような友人を与えてやろうという一節には、サンフランシスコ時代に夫の不摂生な生活や暴力に悩まされていたイザベルが信頼を寄せたジョン・ドーティ牧師を初めとする周囲の精神的救済者たちのことがフロストの念頭にあったのかもしれません。

第五の喜びのくだりでは、先の第四の喜びの話を受けて、無口でほとんど過去のことを語ろうとせず、ただひたすら信仰に救いを求めながら現在の生活を甘受しようとする彼女の姿そのものをフロストが肯定的に受け止め、試練に耐える彼女の姿勢に女性の美徳を認めようとしているといってよいでしょう。当初この作品に「償い」や「(人生の)敗北」という表題が用意されていたことを考えあわせてみると、ある意味でイザベルのネガティヴな生き方を示唆するものとしては、このふたつのほうがよりふさわしい表題なのかもしれませんが、最終的に選択された現在のそれには、おそらくベールに包まれた母の人生のなかに、むしろ積極的な存在の意味を見出そうと願うフロストの強い願望がこめられているのでしょう。

第六番目は喜びではなく「慰め」に言葉が変わっています。ここでは、高潔であるがゆえに不器用な生き方しかできず、当然受けるにふさわしい栄誉や富とはほど遠い世界で、なおも頑なに自分を曲げることなく生き続ける彼女にとって、慰めとなるのは彼女が由緒正しい家系に属する人間だという過去の栄光ということになるのでしょうが、これもまた、不平をこぼさず、黙々と厳しい現実を甘受する母へのフロストの切ない思いを伝える一節と考えられます。

そして、彼女の身の上話に興味を持ちながらも、それを聞いてあげる余裕のない相手（"some one"）とは、実は母の苦労を横目に充分な援助の手を差しのべることのできなかった時代のフロスト自身の姿をいい表したものでしょう。

最後の七番目の喜びのくだりには、六番目の「慰め」の後半の流れを受けて、寡黙な彼女がこの相手（"this one"）に真実の身の上話を語りだしてくれることを願う、フロストの祈りに近い感情が表れています。おそらく、母イザベルは、終生息子のフロストに対しても自分の家系のことや、少女時代のことや、ウィリアムとの結婚、さらには義理の祖父母との関係などの詳細については、ほとんど語ることがなかったのかもしれません。そうした母の態度は、フロストにとっては不可解と言うより、むしろ清廉でストイックな精神から生まれる高貴な姿にみえていたのかもしれません。

新婚当初から心労を重ね、これといった楽しみもないまま未亡人となり、ふたりの子どもを養育しながら、病魔と闘い、わずか五六歳でこの世をさった彼女の人生は、本来であれば敗北者のそれということになるのでしょうし、フロスト自身も当初はそのような受け止め方をしていたことが、先に触れた草稿段階でのふたつの表題に反映していました。しかし、母の生き方をひとりの女性の人生としてみつめ直してみるとき、フロストの目の前には、寡黙な彼女の人生の節目、節目に隠された思いが、新たな意味合いを含んだ無言の言葉として浮かび上がってくるのでしょう。

以上のように、「美しきものにはお好きなように」は、フロスト自身のなかで燻っていた謎多き母イザベルの女性としての生き方に対する感情を、暗示的に語った作品となっているとみてよいでしょう。

◉「五〇年が語ったこと」（"What Fifty Said"）

この作品の創作時期は、フロストが五〇歳を迎えた一九二五年といわれていますが、彼自身が自分の年を一歳若く思い違いしていたため、実際は五一歳というのが正しい年齢だったのです。その後、この詩はシドニー・コックス宛ての一九二六年一二月二二日付けの書簡に同封された三篇の作品のひとつとして登場。人生の区切りとなる年齢を迎えた当時の、教育者として、作家として、さらには人間としてのフロストの姿勢を簡潔かつ暗示的に伝える詩となっています。

まず一読してわかるとおり、前半と後半の比喩的内容がそれぞれ呼応しあって、極めてシンプルなシンメトリーを構成しています。第一連で詩人は、「老人」教師たちや「過去」といった言葉が示唆しているように、型にはまった伝統的な教育や社会環境で育てられてきた自己の姿を振り返ります。未来に対する情熱や夢（"fire"）に胸をときめかせる若者の前には、それに圧力をかけたり、押し潰そうとしたりする既成の社会的価値観がつねに立ちはだかり、ときにはそうした現実に矛盾や嫌悪や挫折を感じながらも（「僕は鋳物にされる金属のように　苦しんだ」）、彼はこの社会的枠組みのなかで現在の自分が形成されてきた事実を受け入れるのです（「僕は　学校に通って年をとり　過去を学んだ」）。

第二連に移ると、人生の先達としての老詩人の前に、功利性を重視する新たな価値観（「鋳造できないものは　粉々に砕かなければならない」）を持った社会（「若者」）が登場します。過去を自己内部に抱えこんだ詩人としては、自由な議論が許される反面、この新しい価値観に順応できない人々を切り捨てようとする現代の合理主義に、やはり矛盾を感ぜずにはいられないのでしょう。その意味で、彼がこだわる「その縫いあわせを始めるのにふさわしい教え」とは、まさに過去と現代の価値観から良質な部分をバランスよく摂取、融合することであり、この一節はそのことが今こそ求められるべきときなのだという思いを控え目に主張したものなのでしょう。人生の岐路を迎えた詩人が、複雑化する現代社会にあって、自己の役割に対する積年の思いを巧みに表現した比喩と考えてよいでしょう。ただし、フロストは、二項対立的なテーマに対して、どちらか一方に加担して他方を否定していくというタイプの詩人では決してありません。むしろ彼は、まずその両者がそれぞれ孕んでいる矛盾に目を向けながら、そこからより創造的な世界を求めて、新たな方向性を模索するという姿勢を保ち続けてきた詩人です。したがって、ここにみられる二極化した過去と現代の価値観の相違も、フロストにあっては、必ずしも対立的なテーマとして扱われているわけではありません。彼の意図は、自然と社会の共立、共存を望むのと同様に、過去と現代、さらには未来へと続く時間の連鎖のなかに、社会に生きる人間として決して失ってはならない根源的な摂理があることを、詩人としての立場から示唆する点にあると考えるべきなのでしょう。とくに、第一連最終行「僕は　学校に通って年をとり　過去を学んだ」と、第二連最終行「今僕は学校に通って若くなり　未来を学んでいる」に配置された、それぞれの対称的な言葉の接近・衝突・融合は、作品内に限定的な個々の意味の枠を越えた磁場を形成しながら、我々読者の内部に新たな意味の創造的空間を再現してくれるのです。つまり、これまでの五〇年は、矛盾や抵抗を感じながらも、過去の遺産によって自己を形成するために消費された時間であり、これからの残りの人生は、経験に支えられながら、さらに未来に向けて作り上げていくべき時間だという認識が詩人のなかにはあるのでしょう。

シドニー・コックスに送られた先の手紙のなかでフロストは、当時クリスマス休暇でバーモント州南部のサウス・シャフツベリーに引きこもっていた彼のもとに今もダートマスを初めとする様々な大学からの就任要請があることへの複雑な気持ちも含めて、自己内部に潜む「虚栄心」や周囲の人々から寄せられる期待や厚遇に有頂天になってきたこれまでの姿を自戒しながら、改めて自己の役割や立場を、ユーモを交えて次のように記しています。

ダートマスや他の大学のために何かをやってもらおうなどと、僕を当てにしないで下さい――詩を通じてということでなければ。……僕は今、大学をやめるのにかき集められるだけの口実を必要としているのです。大学は僕とは無関係。大学は僕が考え出したものではありませんし、もしそれらを作り直すことが本当に僕にできると心のなかで考えたりすれば、それこそ僕は愚か者ということになってしまうでしょう。教師稼業は休業です。自分が生徒の頃に馬鹿にしていた教師として、組織のお世話をしてくれと呼び戻されたりすることで、僕はいい気になっていたのだと思います。そして、そのために僕はそうした誘惑に屈してしまったのです。僕は他の幾人かの人々のように、虚栄心《うぬぼれ》の強い人間なのです。ただし、虚栄心にとらわれたままで、いつまでも同じ愚行を繰り返すようなことはしません。僕は、六〇歳頃までにテニス選手になるかもしれないと思ったりしたものです。僕もそろそろ潮時です。テニス競技のほうは、若くに始めて、一生をそれに捧げる人たちに喜んでお譲りします。テニスはテニス選手に、教鞭は教師にです。今の僕は一介の農夫。

……あるがままの良心に誓っていえば、これまで僕はアマースト、ウェズレーアン、ボウドゥン、そしてミシガン大学といった具合に、あまりにもたくさん抱えこみすぎてきたのです。次年度は、アマーストともうひとつを除いたすべての大学から手を引かなければなりません。天使ガブリエルがトランペットを吹き鳴らす前［最後の審判が下される前］のクリスマスまでに、さらにもう二、三篇の詩を書きたいと願っています。ご承知のとおり、僕はすでに詩作を開始したのです。（W・R・エヴァンズ『ロバート・フロストとシドニー・コックス——四〇年の交友』一九八一年、一七七頁）

フロストが本気でテニス選手になろうとしていたかどうかといった冗談話はさておき、この文面には、周囲の期待に応えようとすればするほど本来の自己の姿を見失いがちになる状況から一歩後退して、今一度自分を見直すために敢えて煩雑な世界との接触を最低限度に抑えたいとでもいいたげな、当時のフロストの心理の襞が見え隠れしています。結局自分にやれることは、詩人としての仕事であり、今はただの農夫でしかないと、半ば嘯くように、半ば真剣に答えようとしていることが読みとれでしょう。

◉**「卵と機関車」**（“The Egg and the Machine”）

初出は一九二八年の『ザ・セカンド・アメリカン・キャラバン』誌。当初の表題は「散策者」（“The Walker”）。

話の内容構成は、一六行目までの前半部分とそれ以降の後半部分のふたつに分けることができます。そして、前半と後半の間にはその内容に呼応するように明らかな形式上の変化をみてとることができます。つまり、作品そのものは明確な連形式はとっていないものの、前半は四行をひとつのユニットとする四行連句のように、かなり規則的な流れに乗って物語が展開しているのに対して、後半の一四行はその枠が崩れて、詩人の感情の律動や変化が、句またがり（一四行目と一五行目）という形で、次の行や次の連へと持続的に連動していくような構成になっています。そこで、こうした形式と内容の繋がりを確認するために、スウィーニとリンドロスの言葉を借りて物語全体の内容を簡単に紹介しておきます。

この詩は、ある人物が憎しみをこめて線路を蹴りつける描写で始まる。ところが、彼が線路を蹴りつけると同時に、すぐさま接近してくる機関車のガタガタという音が聞こえてくる。彼は機関車が転覆するよう、それがやって来るまでに線路に対して暴力的な行動を起こしておけばよかったと悔いる。機関車が通り過ぎるとき、彼はそれに向かって大声を張り上げる。詩の後半に移ると詩人は線路をあとにして、亀の足跡を辿っていく。やがて、砂地に埋もれたたくさんの卵を発見し、それらを手にとりながら、これからあの線路上をやってくる列車に対して警告を発する。彼いわく、自分はこれらの卵で武装しているのだ、と。戦いの準備は整っているのだ、と。そして、今度通り過ぎる列車の窓ガラスを粉々につぶしてやるのだ、と。

（『ロバート・フロストの詩』、六二―三頁）

最終行の「ゴーグルのレンズ」（"its goggle glass"）を「窓ガラス」（"the window-shield"）ととるか、それとも後述のウィンターズのように機関車の「ヘッドライト」（"the headlight"）ととるかは、さして大きな問題ではないでしょう。この話の「粗筋として」は、スウィーニとリンドロスの要約のとおりで間違いありません。一見すると、確かにこの詩には、機関車とその延長物である線路という、いわば文明の利器、逆にいえば自然破壊の象徴としての現代の機械文明や合理主義の暴力と、それに抵抗するアンチヒーロー的人物の無力な行動、および彼が守ろうとしている自然と、その象徴的な武器としての亀の卵といった、極めて明確なコントラストが映し出されているように思えるかもしれません。ところが、果たしてこの作品は上の「粗筋」からみえてくるような旧来の牧歌主義的な対立の構図で単純明快にその内容が理解しうるものなのでしょうか。主人公の行動と詩のリズムの関係を足がかりに、物語の内容を検討していきましょう（行数は原詩に準拠）。

前半部一五行目までは、多少のバリエーションはあるものの、たとえば次のように弱強（x／）五歩格を基調とした英雄対連（a a / b b / c c...）から成る比較的安定したリズムで構成されています。

He gave the solid rail a hateful kick.
From far away there came an answering tick.
And then another tick. He knew the code:
His hate had roused an engine up the road.
(ll. 1-4)

これから立ち向かうべき強力な敵の到来を前に、主人公が心の高まりを感じながら準備を整えている場面といえば、少し大袈裟な話になってしまうかもしれませんが、弱強のリズミカルな動きは、まさに英雄気取りの主人公の戦闘的気分を伝えるのにふさわしい律動なのでしょうが、そんな彼の意気込みも、二行目後半のリズムの乱れによって、そこに何やら足下のおぼつかなさが伴っていることをそれとなく露呈しているようにみえます。以下、七行目（“And bent some rail wide open like a switch”）、一一行目（“Here it came breasting like a horse in skirts”）、一四行目（“Confusion and a roar that drowned the cries”）、一五行目（“He raised against the gods in the machine”）にも弱強の基調リズムの崩れがみられますが、それらはすべて主人公の動作と心的状況の変化や揺れ動きを示すものとなっています。とくに、一四行目行頭の「混乱」(“Confusion”) という言葉そのものが示唆しているように、機関車のけたたましい威力を目の前にして、自己の無力さや心の動揺を隠すために虚勢を張る主人公の道化的、反英雄的行動を巧みに再現している微妙なリズム変化がここにみてとれます。轟音を立てて通過していく機関車の猛威に圧倒された主人公の動揺が、落ち着きを取り戻す場面として用意された次の一六行目 (“Then once again the sandbank lay serene”) では、再び行全体が内容と呼応するかのように、弱強五歩格の安定したリズムへと移行していきます。穏やかさを取り戻したこの砂丘の風景は、まさに興奮が静まりゆく主人公内部の心的状況を映したものでもあるのでしょう。

　後半の一七行目から三〇行目では、最初の一行あたりはまだ機関車との出会いの余韻と、新たな発見物「亀の足跡」への好奇心のためか、次のとおり弱強と強弱が入り交じり、詩脚の数が六歩格（一七行目、弱強が一行に六組）と不規則なリズム構成になっていますが、それ以降二四行目までは、再び弱強五歩格を主調とする安定したリズムが続いていきます。

The traveler's eye picked up a turtle *trail*,
Between the dotted feet streak of *tail*,
And followed it to where he made out vague
But certain signs of buried turtle's egg;
(ll. 17-20)

ただし、この後半部では、対句形式にほぼ適合するように内容が一行ないしは二行単位で収まるように構成されていた前半部と較べると、しだいに不規則な構成へと変化していくのです。文の流れを停止させたり中断させたりする記号の数が減少し、対句形式の枠を越えて展開していく場面の連動性は、やや消沈していた主人公の気分が、亀の卵という新たな武器の発見を経て、最終三行の武装の決意へと発展していくなかで、興奮の波が再度彼の胸の内に湧きあがってくることを伝えているのです。このように、形式上の不規則性は、主人公の心身の動きの変化を映し出したもので、そこに「小さな亀の鉱脈」、「魚雷のような」、「ラッパが一斉に吹き鳴らされるのを待っている」、「そのゴーグルのレンズ」、「このぬるぬるの液」など、どことなく可笑しさを醸し出すような言葉を絡めることによって、詩人は意図して彼の行動の道化性をより効果的に読者に提示しようとしているのでしょう。

次にこの作品に関する標準的ないしは一般的と思える解釈として、スウィーニとリンドロスの分析を紹介しておきます。

機関車と亀は、人間および詩人自身にとって正反対の力を象徴するものとなっている。詩人は、鉄道の線路に攻撃をしかけ、列車を脱線させたいと願いながら、実は現代の世界に起こっている生活の機械化を攻撃しているのである。つまり、列車は、冷たく、非人格的な力の象徴となっているのである。この機械の力に対抗するうえで、詩人が亀の卵を選んだのは適切な行為といえる。なぜなら、亀は機関車とは異なるすべてを表象するものとなっているからである。機関車がスピードと効率性と機械力の象徴であるのに対して、亀は緩慢性と非効率性と自然の力の象徴となっている。それにまた、自然の生命の象徴としての卵は、機械化された人工的な世界を攻撃するのにふさわしい武器にもなっている。（『ロバート・フロストの詩』、六三頁）

確かに物語前半部では、主として機械文明ないしは人間社会の象徴である線路（および機関車）に向かって憎悪に満ちた攻撃姿勢を示す主人公の行動が描き出されてはいますが、果たしてそれはスウィーニとリンドロスが指摘するような機械文明への主人公の果敢な抵抗、すなわち機械化から自然を守ろうとする素朴で真摯な姿といえるものなのでしょうか。もしそうだとすれば、ここに登場する主人公の稚拙とも思えるユーモラスな行動様式に漂う「わざとらしさ」や「しらじらしさ」、すなわち、いわゆる現実逃避型の牧歌主義者ないしは理想主義者が描き出す幻影の無為な結末を予感させるようなこの雰囲気は、いったい何を意味しているのでしょうか。こうした素朴な疑問を抱えながら、この作品全体を再度慎重に読み返していくと、単純素朴とも思えるような主人公の子どもじみた行動にも、実は詩人の双眼的視点操作の技法が隠されていることがわかってきます。もしこの作品を、文明と自然の関係を対立として平面的に図式化し、主人公＝詩人（ないしは、その支持者としての詩人）が自然擁護の立場から文明の象徴物である機械を批判し、攻撃するといった方向で読んでいこうとすると、どうしても結末の落ち着きの悪さ、物語全体の構成の脆弱さや不自然さが余韻として強く残ってしまいます。そうした印象を与える最大の理由は、物語の外側から事件を眺める詩人の間接的視点のフィルターの存在を切り捨て、ここに登場する主人公の行動様式が、ホラ話とも思えるような滑稽さを秘めた、まさにドンキホーテ型の人物として主人公の姿に重ねあわせられているのだという点を見逃してしまっているからに他なりません。要するに、ここでの主人公は決して深刻な問題を前に苦悶、格闘する悲劇的な英雄ではなく、むしろ自己の無力さをよく承知したうえで、観客の笑いをよそに、敢えて真顔で滑稽にふるまう喜劇役者、すなわち「道化」として解釈しないと、この作品にこめられた詩人の微妙な視点操作の意図を充分理解することはできないでしょう。とくに、後半部で、次にやってくる機関車に卵を武器として攻撃を仕掛ける覚悟を述べる主人公の姿を、「この機械の力に対抗するうえで、詩人が亀の卵を選んだのは適切な行為といえる……自然の生命の象徴としての卵は、機械化された人工的な世界を攻撃するのにふさわしい武器にもなっている」とするスウィーニとリンドロスの指摘は、主人公の行動を生真面目に受け止めすぎるあまり、その行動に漂うドンキホーテ的な滑稽さやその道化的役割の意味合いを軽視ないしは見逃してしまっているといえるでしょう。

それでは、この主人公の行動を通じて詩人は読者にいったい何を伝えようとしているのでしょうか。主人公の姿をみて馬鹿にしたり、笑ったりしておられる皆さん自身にも、実は彼とそれほど変わらない意固地さや偏見があるのではないでしょうか、といった無言の問いかけが、作品のかげから私たち読者に投じられているとすれば、それこそがこの作品の持つ意味の磁場の広がりであり、詩人が密かに用意した内省的視点ということになるのかもしれません。結論を先取りしていえば、詩人は主人公の道化的行動様式を通じて、現代の機械文明と自然の関係を対立的なものとしてではなく、むしろそこに共存・協立の可能性を見出すべきものと示唆しながら、新たな方向性を模索しようとしていると考えるべきなのかもしれません。なぜなら、『西に流れる川』全体には、すでに冒頭の「春の水たまり」において逆説的な形で示されていたように、とくに、人間社会と自然との間に横たわる断絶や相克に対する怒りや悲しみを越えた、祈りにも似た詩人の深く思惟する声が、つねに通奏低音として響き渡っているからです。それは単に両者の対立関係を文明批判的、歴史批判的に眺める視点とはまったく異なる、複雑で微妙な詩人の心的状況を反映した風景であり、不条理を不条理として受容し、その受容を通じて新たに展開されていく世界の可能性を求める姿勢となっているのです。こうした人間社会と自然の隔絶の問題はフロストが好んで扱う主題ですが、もしそれをスウィーニとリンドロスのように、作品全体に漂う滑稽さの要素を切り捨てて、この種のテーマにありがちな自然擁護と機械文明批判の構図を一方向的に解釈しようとすると、当然その反論としてアイヴァー・ウィンターズのように、「自然に対するロマン主義的感傷化」の否定的な要素がこの作品を支配しているのだとする対立的な見方も生まれてくるわけです。フロスト詩に対して、つねに批判的な発言を繰り返してきたウィンターズは、この作品について次のように語っています。

社会、すなわち利害を求める共同社会に対する同様の感情的嫌悪感を……「卵と機関車」と題する詩のなかに見出すことができる。この詩は、自分の好きな湿地のなかを走っている鉄道と出会うことに怒りをおぼえるソローのような冒険者について語った作品となっている。……ここには、いくつかのおなじみのロマン的な態度――つまり、「土を耕せ」において根本的必要物とフロストが呼んでいる絶対的な私的自由を達成できないことへの憤りや未開の原野（というのも、未開の原野はこの独特のロマン主義作家にとって絶対的な私的自由を提供してくれるかもしれないから）に対する感情的な思い入れ、および機械に対する感情的憎悪など――が現れている。後者の問題に関連して、機械化がときにはそれ自体、およびそれがもたらすいくつかの影響の双方において、決して美的なものでないことを認めるのにやぶさかではないが、しかしそれがもたらしてきた恩恵もまた圧倒的に大きなものであるし、バーモント州のこの農民詩人も、善良な多くの人々が道徳的かつ政治的現実と向きあわなければ、生き続けていきたいと願うことができないのと同様、その助けがなければ、農夫としてあるいは作家として生き続けたいと願うなどほとんど不可能だ、といいたい。そして、奇妙なことに、機関車、すなわち忍耐強くて人に不快感を与えたりしない、あの文明の荷車用の馬が機械の悪意を象徴するものとして選ばれているのはまことに不当なことである。

機械や機械がもたらす変化への憤りを扱った作品が、これまでも他にいくつもあった。そうした憤りは私には愚かしいものだとは思われるが、むろんある種の状況においては、機械が、仮に残忍非道なものであれば、そこに悲劇的な重厚さが備わることもあるかもしれない。……ところが、フロストの反逆者は、機関車のヘッドライトに亀の卵を投げつけると威嚇することによって、自分の気持ちを晴らそうとするだけなのである。もちろん、亀の卵には、単にミサイル以上の何かが意図されているのかもしれない。要するに、それは、「ぬるぬるの液」、すなわち「生の」生命であり、それゆえに人間の理性の機械的産物を混乱させる（単に象徴的な意味ではあるが）ことができるものというわけである。だが、ここで再び問題なのは、この作品のいくつかの象徴が分析に耐えないだろうという点である。たとえば、機関車は人間の理性と対等に並べて考えることはできない。というのも、それはより高度な活動を促進するために、人間の理性によって創造されたものにすぎないからである。また、亀の卵には、英知ないしは卓越性といったものは皆無であり、したがって機関車や人間の理性の英知や卓越性が、そうした亀の卵でかき乱されたりするわけはない。このように、この詩の象徴性を探っていくうちに、我々は、短気で独善的なしぐさや脆弱な冗談によって、話の出発点に放置されてしまうことになるのである。（J・M・コックス編『ロバート・フロスト——論文集』一九六二年、六八–九頁）

こうしたウィンターズのフロスト批判は、先のスウィーニとリンドロスの評価の対極にある見方といえるでしょう。ウィンターズにしてみれば、まさにフロストはむら気な無い物ねだりをする駄々子同然ということになるのかもしれません。いずれにせよ、この作品に関する両者の見解には、やはり重要な視点の欠如があることは明らかです。フロストは決してこの主人公に自然の擁護者としての英雄的行動をとらせようとしているわけでもなければ、その彼に「短気で独善的な」行動を取らせることの無意味さをまったく理解しない稚拙な田舎詩人の脆弱な精神性を露呈するような状況を生みだしているわけでも決してありません。彼がここで問題にしているのは、主人公に道化的役割を与えることで、そこから間接的に生じてくる自然対人間社会への新たな視点が創出できるのではないかという可能性の提示であり、それが、すでに後戻りのできない地点にまで達した現代の文明社会と自然との関係の修復ないしは再構築を願う詩人の祈りにも似た心象風景として、ここに描き出されているのでしょう。したがって、この一見喜劇的とも思える世界には、ウィンターズの批判（および、スウィーニとリンドロスの好意的な評価）の根底にある、主人公＝詩人＝フロストとする安直な公式を受けつけない、より重層的な意味構造を包摂する磁場が実は築かれているのです。それは、ウィンターズの主張するような、機械文明に毒された現代社会の暴力に対するヒステリックな憎悪や嫌悪でもなければ、似非ロマン主義者の抱くはかない現実逃避願望を具現化したものでもありません。ましてやスウィーニとリンドロスのいう「現代の世界に起こっている生活の機械化を攻撃」する文明批判論者としての自己の立場をユーモラスに表明したものでもないのです。

機関車を脱線転覆させたいと願いつつ、鉄道の線路に足蹴りをしたり、通過する機関車に向かって虚勢をはったりする主人公についての前半部の描写は、ただ義憤と固定観念に突き動かされて後先を考えずに行動する彼の盲目性や悲喜劇性を暗示したものであり、その道化的役割を担った彼が後半部で亀の卵を発見して、それを武器に次回の攻撃に備える意志を表明するあたりなどは、まさに自己の行動の無為性や無謀性を逆に曝け出しているだけにすぎないわけで、まずはこうした話の大きな枠組みが詩人の巧みな話術によって提示されていることの意味を考慮する必要があるでしょう。とくに、そうした主人公の道化的役割を暗示するために、言葉の仕掛けがいくつか用意されています。たとえば、騎士のトーナメントを連想させる「スカートをはいた馬のような」機関車と、原始人の武器を連想させる「こん棒や石」とのイメージの落差、補足的に追加されたような印象を与える「吹き出す蒸気」に怖じ気づく主人公の姿、「機関車の神々」の引き起こす「混乱」にかき消された主人公の罵声か何かなど、すべてが主人公の行動のちぐはぐな側面を浮き立たせるように配置されているのです。そして、議論喧しい機械文明の功罪を充分考慮に入れたうえで、しかも現代社会の功利主義を単に批判的に眺めるだけではなく、フロストは、私たちが進むべき方向を提示するために、主人公の滑稽な行動に笑いをおぼえる私たち自身の内部にこそ、実は安易な平和主義や空虚な理想論を隠れ蓑にした反社会的盲目性の否定的要素が存在することを暗示しようとしているのではないでしょうか。

【解説にかえて】

哲学的対話詩「西に流れる川」を読む

第五詩集『西に流れる川』の第三部〈西に流れる川〉の表題作であると同時に、詩集表題にもなっている哲学的対話詩「西に流れる川」は、一九一七年を境として約二〇年に及ぶ、いわゆるアマースト〜ミシガン時代はもちろん、これ以前あるいはこれ以後のフロストの詩人としての姿勢や信条などを探っていくうえでとても重要な意味を持つ作品のひとつで、とくに彼の詩想に大きな影響を与えたアンリ・ベルグソンの流れをくむ「生命哲学」の思想を比喩的に語った詩となっています。もちろん、ここに示されたベルグソン流の思想については、すでに第一詩集『少年の心』のなかの「反逆の心」（"Reluctance"）をはじめ初期作品のなかにその祖型が散見できるわけですから、さほど目新しい問題というわけではありませんが、今一度振り返って考えてみると、「西に流れる川」で扱われているような問題をかなり初期の頃（ベルグソンの著作に初めて触れたのはデリー農場時代の一九一一年）からその後永年にわたって絶えず意識しながら、繰り返し自己の詩作のなかで様々な形で変奏し続けてきたということの事実を素直に受けとめてみると、彼の執拗なまでのこだわり方には並々ならぬ信念、換言すれば彼の詩人としての存在意義そのものに関わるような強烈な自意識が投影されているように思えてなりません。事実、この「西に流れる川」には、自己の歩んできた詩人としての道が様々な障害や自己矛盾を乗り越えて得られたものだということを暗示するような思想的発展の経緯が、世間一般の夫婦の歩み方とは異なった自分たちの生活を西に流れる川（東部のこの地域では殆どの川が東に向かって流れている）の姿に映して眺める夫婦の対話という形式を通して、巧みに描きだされていることがわかります。結論を先取りすれば、それは流動激しい社会のなかでの詩人としての自己の立場、役割を表明する一種の告白詩のようなものであったとさえいえるかもしれません。

I

「西に流れる川」の内容について考えていく前に、その創作にまつわる当時のフロスト周辺のいくつかの事柄について触れておきたいと思います。

先ずは、この作品の創作時期の問題についてですが、その正確な年月日ははっきりしていません。ただし、幾つかの研究によって興味深い推論が提示されていますので、ここではそれらの資料を基にして作品創作に至るまでのフロストの置かれていた状況を素描してみましょう。

ジーン・グールドの説明[1]によれば、フロストがこの作品を執筆したのは一九一八年、アマースト・カレッジでいわゆる「詩人教授」(poet-professor) の職に就いていた頃と推定されていますが、その根拠は明示されてはいません。ただ、当時のフロストの置かれていた立場といった問題について、若干の説明がなされているだけです。それによると、この時期の彼は有望な現代詩人のひとりとして、周囲からしだいに大きな期待を寄せられるようになり、しかも第一次世界大戦最終盤の激動の世相にあって、時代の流れにどの様に対処していくべきかどうかで、かなりの困惑と迷いを感じていたようです。そうした複雑な心境からの脱却を目指しながら、自己の立脚点を示すために書かれたのが、この「西に流れる川」であったのではないかと、グールドは示唆しています。これに対して、『フロスト伝』(全三巻)[2]を著わしたローランス・トンプスンは、さらに詳しい調査研究をおこなっています。彼によれば[3]、この作品の原形となる草稿が書き始められたのは一九二〇年の春頃で、当時アマースト・カレッジの学生であったエドワード・エイムズ・リチャーズが三月にアマースト・カレッジの『マンスリー』誌に発表した「ジョー・ライトの小川」(“Joe

Wright's Brook")と題する作品中の川のイメージに感化を受けたものであったとのことです。リチャーズのこの作品が掲載されたとき、フロストはこの詩を巡って彼と話をしているうちに、自分がこの種の作品を書くとすれば、これとは違ったものになるであろうと語ったらしく、リチャーズはこの言葉を類似作品創作の許可をフロスト先生が自分に求めているのだと勘違いしてしまったようです。この間のさらに細かな経緯についてはさて置くとして、ここで重要な点は、フロストがあのデリー農場時代（一九〇〇–〇九年）に始終目にしていた実在の川「西に流れる川」（デリー農場から北に〇・五マイルほどのところにある川）の名前を作品表題として採用することになったという、一見単純にみえるこの明白な事実でしょう。とくに、長男エリオットをはじめとして、相次ぐ肉親の死を眼のあたりにしながら、自殺をも考えたことがあったあの約一〇年前のデリー農場時代初期の頃のフロストの状況を振り返ってみると、この詩に描かれたふたりの夫婦間の牧歌的な対話には、このとき以来実際にフロスト自身が妻エリノアと共に歩んできた紆余曲折の道程に対する深い感慨のようなものがこめられているのかもしれません。

話を作品の創作年代の問題に戻すと、グールドとトンプスンの推論では、両者の間に約二年ほどの時間のずれがあります。双方の意見のどちらを支持するかとなると、いずれも状況証拠的なものの域をでていないため、にわかに判断しがたいところもありますが、それでも創作経緯に関する話の内容からすれば、書簡資料などをベースにしたトンプスンの見解の方にいささか分がありそうです。トンプスンは、その後数年の間未完のままになっていたこの作品が、現在のような形で書き上げられた時期を一九二六年、つまりバーモント州ベニントンのストーン・コテッジ(Stone Cottage)での気苦労の多い繁雑な日常生活に疲れ果て、フランコニアに移ることになった頃であろうとみています(当時、フロストは家族の病気の看護や娘の結婚問題などで心労が絶えませんでした)。この頃のフロストはすでに詩人としての生活も安定し、一九二四年のピュリツァー賞をはじめ、数々の大学から名誉学位や恩典を授与され、今やアメリカ詩壇の中心的人物のひとりと目されるようになっていました。ところが、そうした華やかさとは裏腹に、第四詩集『ニューハンプシャー』出版前頃からフロストは、対社会、対人間といった問題に付随するこれまでの自己の姿勢の在り方に懐疑の目を向けるようになり、その詩の主題を「人間社会」から再び「自然」のなかに求めるようになっていました。そうした、いわゆる「外向的姿勢」から「内向的姿勢」へといった、一見逃避的とも思えるような基本的姿勢の転換を促すことになった原因については、にわかに断定しがたいところがあるとはいえ、その時期が丁度フロストの詩人としての地位が確立された時期と重なっているということから考えると、おそらく周囲から寄せられる期待の煩わしさなどの対外的、外在的要素によるところが大きかったからかもしれません。このことを確認するひとつの手懸りとして『ニューハンプシャー』の表題詩「ニューハンプシャー」（“New Hampshire”）の後半に、次のようなくだりがあります。

最近　ニューヨークからやってきた　うぬぼれやさんと
新しい似非男根崇拝主義について　談話を交わしたとき
僕は　とても奇妙な選択をしなければいけない
逼迫した状況に置かれていることに　気がついた
「淑女ぶった女のような人間になるか　それとも　大衆の
腕に抱かれて　泣きわめいたり反吐《へど》を吐いたりする　卑しい赤ん坊のような人間になるか
　いずれかを選んで下さい」
「そんな選択などしなくてもよい　山岳地向きの僕にです」
「でも　もし選択しなければいけないとしたら　どちらに」
　……（中略）……
僕ならば　自然から逃げ出すような人間にだけは　決してなりたくない
さらにはまた　人前での自分の行動に無頓着で
しかも　何もできないときには　ただ言葉に頼って
しゃにむに行動を起こすよりも　むしろその言葉を派手に
がなり立てようと居直ったり　ときにはそれで目的を

達するといったような　卑劣な人間になるつもりもない
時代が強要してくるのは　どうも狭い選択のような気がする
たとえば　よいギリシア人になるというのはどうだろう
しかし　今年はそのような課程は未開講　という話
「さて　そんなのは選択でも何でもありません——淑女ぶった人間にですか　それとも卑劣
　漢にですか」
そうですね　たとえば　どちらかひとつ選択しなければいけないとしても
やはり僕は（ニューヨークの出版社からでも）現金で　まあ
千ドル位の収入が得られる　質素な
ニューハンプシャー州の　農夫でいたいと思う

この一節においてフロストは、二者択一を強いる相手の質問を、いささか人を食ったような態度をとりながら、一見のらりくらりとかわしているようにみえますが、それはあくまで表向きの姿で、彼としては相手の質問が自分にとって回答不能な種類のものでしかないのだということを暗に逆提示しようとしているのでしょう。ここに示された詩人の態度は、Ｊ・Ｆ・リネンのいう「よりはっきりと現実を見定めるために、腐敗した世界を捨ててより純粋なアルカディア世界を求めようとする、田園詩人の冷静な退却」[4]となっていると同時に、時代の波に安易に押し流されまいとする決意を表明したものと解することができます。おそらく当時フロストが置かれていた状況も、この作品にみられるそれにかなり近いものであったのではないかと思われます。それはことあるごとに人に二者択一を強いる繁雑で性急な世相であり、狭量な二〇世紀の合理主義的価値観の押しつけが蔓延する時代的な傾向が極めて強い状況であったといえるかもしれません。だとすれば、「たとえば、よいギリシア人になるというのはどうだろう」という詩人のコミカルな言葉には、自己批評の視点を決して忘失することない態度に立ったうえでの、この時代の風潮に対する極めて意識的な「戦略的後退」の姿勢がかなり明確に示されていることがわかるでしょう。その後もフロストは自身に対しても、社会に対してもこの姿勢を崩すことなく、詩人としての一生を送りながら自己の立場をそのときどきの内に歌い続けていったわけですが、なかでもこれから読んでいく「西に流れる川」はその代表作のひとつといってよいでしょう。

Ⅱ

一九〇〇年七月八日、フロスト夫妻は長男エリオット（Elliot）を小児コレラで失いました。四歳の誕生日を数ヵ月後に控えた矢先の不幸で、夫妻の心痛は想像を絶するものであったでしょう。第二詩集『ボストンの北』所収の「埋葬」（"Home Burial"）にみられる愛児を失った夫婦の気まずい対話、口論には、おそらくこのときの痛ましい体験が生々しく写しだされているのではないかと思わせるほどの迫真性が溢れています。ただし、サンドラ・キャッツによれば、「この詩は、一九〇六年に子どもを失ったあと、夫のもとをさった義理の姉レオナ・ハービーの身の上に起きた出来事に基づいている」とフロスト自身は語ったことがあるようですが、「ハービー夫妻かフロスト夫妻のいずれかの体験を描いたものというのではなく、むしろ四人の声を混ぜあわせたものになっている」[5]と考えたほうがよいでしょう。ともかく、夫妻は失意の内に、フロストの父方の祖父ウィリアム（William Prescott Frost）の資金援助を受けてニューハンプシャー州南部のデリー郊外の農場に移住することになるのですが、心の傷は癒しがたく、ときおり自殺願望に駆られることもあったようです。そのことを示しているのではないかと思われる初期作品に、「絶望」（"Despair"）と題する未公表のソネットがあります。

今の僕は　事切れ　池底《ちてい》の藻の罠にかかって
身動きできずにいる　身投げ人のようなもの
掻き濁った水底が　静かに澄んでいくとき　水中の暗闇をついて

そこに揺らめく彼の肢体が　輝きはじめる
あのとき　一瞬　水を飲みながらも　彼は虚しい声で
叫んでいた「ああ　逝かせてください　神よ　逝かせてください」
だが　そのとき彼は　なにも知らなかったのだ
大地や　垣根に　注ぐ　暖かな陽光に包まれていたときのように

ここにいる今の僕は　身投げ人のようなもの
あんな絶望の淵にあっても　僕は生きていた
救いを乞うてあの御方の前に跪いた　あのときの僕は　さもしき祈り人であった
肢体から筋肉を剥ぎ取ったとき　僕は息がつまった
そのとき　僕は苦痛のあまり思わずもがいた　一輪の白百合が　引きずられるように
　落ちてきたのも
そのせいだったのかもしれない　今では　魚どもが寄り集まってきている

ところで、このデリー農場周辺には、実際にフロスト詩の素材になったと思われる場所や風物などが数多く存在します。たとえば、農場の回りを取り囲む「石垣」、その石垣内をほぼ東西方向に流れる「ハイラ川」、母屋の東隣には「鶏小屋」や「果樹園」、さらに石垣の外側周辺には「ツルコケモモの湿地」や小高い丘、そして農場のすぐ西側を南北に走るロンドン・デリー街道の西隣りには泉や牧場などがありました。また、この街道を北に約〇・五マイルほど行ったところには、この作品の表題にもなっている「西に流れる川」が流れ、しかもその畔には、かつて南北戦争未亡人が住んでいた「黒い家」の廃墟がありました。こうした事物に取り囲まれているうちに、失意に沈んだフロストの心もしだいに生気を取り戻すようになり、やがて数々の作品を書き残すことになったのです。

彼の詩が認められるようになるのは、さらにそれから一〇数年も後のことですが、長い彼の詩作の経歴を振り返ってみるとき、このデリー農場時代の様々な体験が彼にとっていかに重要な意味を持つものであったかがうかがい知れます。ただ「西に流れる川」は、おそらくデリー農場時代の体験を単に回顧的に綴ったという類のものではないでしょう。むしろここには、後年過去の生活を振り返って、現在に至るまでの自己の存在の意味を問い直そうとするだけのゆとりのある成熟した詩人の声の響きを感じとることができるでしょう。

物語は、見知らぬ川辺にやってきたある夫婦の間で交わされる対話によって構成されています。場面は、妻が夫フレッド（Fred）に北がどの方角かを尋ねるところから始まり、川の名前のことや、川面に逆立つ波をめぐってのやり取りが続くなかで、やがて存在に関する夫の哲学的冥想といった、ある意味で夫婦の対話の場にふさわしいとはいいがたいような（読者からすれば）意外な方向へと進展していきます。少なくとも、第二詩集『ボストンの北』の対話詩に親しんだ読者であれば、ここでの夫婦の会話に、今までとは違った反応を示すことになるでしょう。不自然で唐突な話の展開だと感じる人もいるでしょうし、洗練されたレトリックに支えられたインテリ間の極めて高度な対話だと解釈する人がいるかもしれません。いずれにせよ、ここで留意しておかねばならないことは、この夫婦間の会話にある種の不自然さが感じられるとすれば、それではいったいなぜフロストがそうした要素をこの作品に敢えて持ちこんだのかという動機に関わる問題です。それを探るためにも、このふたりの会話のやり取りに今一度耳を傾けてみましょう。

先ず冒頭の二行目までの内容から、彼らがいわゆるこの土地の新参者であることがわかります。夫によって北がどちらの方向かといったことや、さらには目の前の川が西に向かって流れているのだということを初めて知らされた妻は、ロマンティックな気分に浸りながら、思わずこの川を「西に流れる川」と命名しようと持ちかけたり、この川がなぜ他の川のように東に流れていないのかと問いかけながら、その状況を自分たちのそれと重ねあわせてみたりするわけですが、そうした妻の熱のこもった語り口に対して、当初夫が示す反応は極めて現実的で冷めたものとなっていることがわかるでしょう。ところが、そんな夫を前にして彼女は、さらに自分たちふたりとこの川の出会いの関係を「博物学が取り扱う事実は、それ自体として考えるとすべて何の価値もなく、異性と結びつくことができないもののように不毛だ。しかしいったん人間の世界の歴史との婚姻を果たせば、とたんにみなぎりわたる」[6]（傍点筆者）と主張したR・W・エマソン流の思想を連想させるような結婚という直観的、空想的なレベルにまで引き上げようとするのですが、ここでもやはり夫のみせる態度は現実のレベルを越えることはありません。この川が「白い波」を立てて自分たちに何かの合図をしているのだと語る彼女の気持ちを敢えて等閑に付すかのように、彼はそれを単なる自然現象のひとつにすぎないものとして退けてしまうのです。とくにこのあたりのふたりの次のやり取りからは、相反する両者の態度そのものが、この詩の核心部となっている「この川は／きっと自信をもって　反対方向に流れているにちがいないわ」（六―七行目）のイメージを暗示するものとなっていることがわかるでしょう。

私たちはふたりだって　いってきたわよね。それを私たち三人と変えてみましょうよ。
あなたと私が　おたがいに結婚しているように
ふたり一緒に　この川と結婚しましょう。

その上に橋を架けましょうよ　そして　その橋は
川のかたわらで眠りながら　その上に渡された　私たちの腕ということにしましょう。
ほらほら　みて　私の話を聞いてることを　知らせようと
川が波を立てて　私たちに挨拶してるわ」
　　　　　　　　　　　　「おや　おや
あの波は　この岸の突きでた先端のところで　淀んでいるだけなんだよ――」（一一一八行目）
　・・・・・
「あの波は　この岸の突きでた先端のところで　淀んでいるだけなんだよ
僕がいいたかったのは、天で川が創られて以来
ずっとね。あの波は　べつに僕らに挨拶してるわけじゃない」（二七一九行目）

ここにみられるふたつの正反相対する態度には、いわゆる夢と現実、宗教と科学、感情と理性といったものの二項対立を通して、認識論の根幹に関わるような基本的命題が極めて具象的に描きだされているといえるでしょう。トンプスンによれば、逆走する川のイメージを得る契機を与えてくれたのは、先述のとおりアマースト・カレッジの一学生の作品だったわけですが、当初はフロスト自身現在のようなテーマをそこから引きだそうなどとは思ってもみなかったようです。むしろ、この川のイメージをさらに発展させ、哲学的思索の中心にそれを位置づけさせるのに大

きな影響を与えたのは、どうやら一九二五–二六年にかけて文学特別研究員としてミシガン大学に招かれていたときに、ダーウィンの進化論を巡って繰り広げられていた科学者たちとの論争であったようです（一九二五年のスコープス事件では、進化論を学校で教えることに強い反射姿勢を示していた「創造説」支持者たちと進化論者たちとの間に壮絶な論戦が繰り広げられ、ついには全米を揺るがすほどの大騒動にまで発展していきました）。トンプスンは、科学万能の風潮に対するフロストの心境を伝える資料として、一九一七年一月一日付けのL・アンターマイア宛の手紙(7)や一九三七年一月一日付けのS・コックス宛の手紙(8)を紹介しながら、進化論者に対するフロストの批判的態度やベルグソンやファーブルへの傾倒ぶり、さらには当時ミシガン大学で味わっていた居心地の悪さといった状況を報告しています。(9)こうした心境の現れのひとつとして書き上げられたのがこの「西に流れる川」であったわけですが、とくにベルグソンからの影響を顕著に表わしているのは、後半部のフレッドの冥想的な語りの部分です。ただ、最初に彼が妻の空想的な感情に対して示す反応は、どちらかといえば、やや理性絶対主義を擁護ないしは肯定するかのような様子もうかがわせますが、もちろんそれはあくまでみせかけのポーズであり、ある意味で妻と自分の間にある男女の意識差を認識したうえでの極めて遠曲的な話の掛け引きとみるべきでしょう。次のふたりの対話には、自分の感激を夫と共有したいという気持ちに駆られて、彼の意見を何とか引きだそうと躍起になっている妻の焦りを充分承知しながら、敢えてそれに逆らうかのように理性的判断の必要性を呈示するふりをする彼の戦略が隠されているのです。しかも、妻もこうした術策の裏に夫の自負心が潜んでいることを了解しているのです。要するに、ふたり共お互いの心の内を充分察知しあっている仲睦まじい者同士というわけです。

「そうではなかったとしても、やはりそうだったのよ。あなたにでないとしたら
この私に対してよ——何かのお告げとしてね」

「ああ　君がこの川の話を女人の国
いわゆる　アマゾン族の国のようなところに持っていくというのなら
僕ら男性は　君たちを国境まで見送っていき
そこに置いてくるしかない。僕らは立ち入り禁止だからね——
これは君の川なんだね！　僕にはもうこれ以上いうことはないよ」

（傍点筆者）

ここで妻が適切な言葉を見出せないまま思わず口にした「お告げ」（"annunciation"）という語は、少なくとも表面的には夫にとって、まずはあの聖母マリアの「受胎告知」（"the Annunciation"）を

示唆するものとして聞こえてくるのですが、しかし、彼は妻の言葉にそれほど皮肉な意味が込められているわけではないことをよく知りながらも、敢えて揚げ足をとるかのように女人国アマゾンの喩えを持ちだして、もはや男の出る幕ではないと、相手の出方を探るようなポーズをとろうとするのです。そして、彼女がその真意を察知して、さらに彼に意見を求めると、ようやく彼は重い腰を上げるかのように、いよいよ自己の胸の内を一気に開陳してみせることになります。

「正反対のものについていえば　川があのように白い波を立てて
自分と反対の方向に流れている様子をみてごらん。
僕たちは　他の生き物から生まれるより　ずっと　ずっと以前に
水のなかの　あのようなものから生まれてきたんだ。
僕らはここで　その足取りにいらいらしながら
様々な始まりの始めに　流れさるすべてのものの流れに
戻っていこうとしているんだ。
存在とは　〈ピルオとピルエット〉のように
永遠に　ひとつの場所で　じっと立ったまま踊りながら
それでも　走りさっていくものだ　という人もいる。
つまり　それは　真剣かつ悲しげに　走りさり

混沌のうつろを　空虚さで　満たすのだ。
それは　僕らのかたわらの　この川の水のなかを流れながらも
僕らの上を　流れていくんだ。それは　僕らの間を流れ
狂乱の瞬間に　僕らを分断してしまう。
それは　僕らの間や　僕らの上や　僕らと共に　流れていくんだ。
それは　時間であり力であり　音であり光であり　生命であり　そして愛なんだ——
さらには　非実体的なものへと衰退していく　実体でもある。
また　それは普遍なる死の奔流であって
この奔流は　尽き果てて無となってしまう——しかも
それ自身のなかの　ある奇妙な抵抗によってでなければ
つまり　単なる回避というのではなく　まるで後悔がそのなかに存在し
　後悔が神聖なものでもあるかのように
逆戻りするという行為によってでなければ　抗うことのできないものなんだよ。
それには　このように逆戻りして　自らの上に跳び乗る力があり
そうして　そのほぼ全体の落下運動が　いつも
少し持ちあげたり　少し引きあげたりするんだ。
僕らの一生は　時計を引きあげることで　流れていく。
川は　僕らの一生を引きあげることで　流れていく。
太陽は　川を引きあげることで　動いていく。

そして　太陽を引きあげる　何かがあるのだ。
僕らが　たいてい　自分自身をみるのは
流れに逆らい　源に向かっていく　この逆行運動によってであり
それは　源に対して　流れが払う尊敬のあかしなんだ。
僕らが生まれてくるのは　まさに自然のなかのこうした力から。
それが　おおよそ　僕らという存在なんだ」

「あの波は　この岸の突き出た先端のところで　淀んでいるだけなんだよ」という言葉をわざわざ二度（一八行目、二七行目）も繰り返しながら、妻の意見に対してみせていた彼の冷徹な現実的姿勢は、先にも述べたように、一種のポーズであるといえるでしょう。その理由はこのふたつの台詞の間に挟みこまれた「（黒い流れは　水面下の岩につかまりながら……」で始まる比較的長いト書きの部分（一九―二六行目）が、単に詩人の目からみた印象的叙述描写に留まるという性質のものではなく、むしろフレッド自身の心の反応を写し出した心象風景とも考えられるわけで、要するにそれはまさに妻の直観に、より具体的な形象を与える彼の知性の活動の投影だといえるものだからです。したがって、その言葉とは裏腹に、すでにこのあたりから彼の心は、先に妻が「この川は／きっと自信をもって　反対方向に流れているにちがいないわ」（六―七行目）と直観的、本能的に感じとっていたものに引き寄せられていたのです。そして、ここに至って彼は以後それに観念的、形而上学的な知性の肉づけをしていきます。

先ず、先の引用個所の七行目までにおいて、フレッドは今再び、流れに逆らって白波を立てている川に目を向けながら、水中における生命誕生の根源的イメージを語っていきます。トンプスンはこの部分で進化論からのお馴みのイメージを詩人が借用し、それを受け入れているかのようなポーズをフレッドにとらせていると解釈しています。[10] それに対してD・J・ホールは、聖書および生物学的知識を援用したものであるとしていますが、[11] その根拠は定かではなく、とくに聖書のなかにでてくる水や川に関するエピソードに果たしてここにみられるようなイメージを重ねることができるのかどうか、いささか疑問です。ここでは、むしろ「無からはたとえ神意によっても何物も生まれない」[12]「自然は各々の物をその元素に再び／分解するだけで、物を消滅させて無に返すことはない」[13] として、すべての物質や現象を原子（アトム）の働きによって説明しようと試みたルクレティウスや、「生命は本質的に流れであり、物質をつらぬいて走らせられながら出来るだけのものをそこから引きだしてゆく」[14] としながら、「生命のはずみ」（élan vital）の概念を導入して機械論的進化論に対する創造的進化論を唱えたベルグソン、および生成、消滅、存在に関する相対的認識論を万物流転の比喩で説き明かそうとしたヘラクレイトスなど、いわゆる存在を永遠に果てることのない流れとして捉えようとした彼らからの思想的、比喩的影書が影を落としているとみるのがよいかもしれません。

先の引用の八行目からのダンスの比喩は、トンプスンやホールがコメントしているとおり、必ずしもフロストが気に入っていたものというわけではないのですが、『生の舞踏』（*The Dance of Life*, 1923）を著わした英国の心理学者ハヴロック・エリス（Havelock Ellis）からの借用で、ここに言及されている「〈ピルオとピルエット〉」（四六行目）は、それぞれ男役、女役のパントマイミストのことなのでしょう。この比喩が意味するものは、《存在というものは、光りと影の白黒の変化のない世界のなかで無言のまま、果てしなく繰り返されては消えていく、悲喜こもごもの滑稽な活動》ということになるのでしょうが、フレッドは（人）生を変化に乏しい単調なものとするこの比喩を引き合いに出しながらも、「……という人もいる」（四八行目）という切りだし方で、敢えて「こういう見方もある」式の態度をとっているのですから、必ずしもこうした考えを肯定的に受けとめているというわけではなさそうです。この虚無的ともいうべき存在論に関する比喩を受けて、次に「それ（存在）は　僕らのかたわらの　この川の水のなかを流れながらも」（五一行目）で始まる六行ほどのやや暗いイメージを含んだくだりで展開される一節には、明らかに、さて素材（アトム）が透間なく詰まって互いに一体とならないことはたしかである。
なぜなら私たちの見るところ、どんな物も小さくなり、
またすべての物は長い年代にわたっていわば流れさってしまい
万物は私たちの目から、長い年代のために隠されてしまうのだから。
とはいえ全体としては無傷で、もとのまま見られる。
なぜなら、基本物体（アトム）は、それが離れさったものを
細らせ、それが付け加わったものを太らせ、
かれは老いしぼませ、これは花咲かせ、同じところに、
とどまらないのだから。こうして物の総体はたえず
新たにされ、死すべきものは互いにやりとりして生きてゆく。
（『事物の本性について』第二巻六七―七六行）

と歌ったルクレティウスの生成に関する――本来はある意味で楽観的ともいえる――唯物論的原子論を、無常観的生命論としてネガティヴに捉えているフレッドの意識が反映しているようです。要するに、一見こうした生成論を受け入れているかのようにみえる彼の心のなかには、エリスやルクティウスが示してくれた生命論に対する懐疑の念がつきまとっていて、生命というものの持つより神秘的な力が、厭世的な観点や、機械論的な処理の仕方では真に把握しがたいものである

という思いが潜んでいるのです。このように前半部までのフレッドの語りは、概して暗いトーンに包まれてはいますが、次の後半部になるとその調子は一変し、前半部最後で「非実体的なものへと衰退していく　実体」（五六行目）と持ち出したその言葉の意味を反芻するかのように、次に死、無の問題の本質に目を向けながら、しだいに生命の現象をポジティヴに捉えていくようになります。その音調変化の起点となるのは「非実体的なものへと衰退していく　実体」をさらにい い換えて「それは普遍なる死の奔流であって／この奔流は　尽き果てて無となってしまう」（五七―八行目）と語ったその直後の「――しかも／それ自身のなかの　ある奇妙な抵抗によってでなければ」（五八―九行目）あたりからです（ただし、ルクレティウスは、先の引用からも明らかなとおり、事物は決して無に帰することはないとしているわけですから、このあたりのフレッドの頭のなかは、無の形而上学を説いたヘーゲルやハイデガーなどの近代実存哲学からの影響もそこに絡みついているのかもしれません）。とくに次行の「それ自身のなかの　ある奇妙な抵抗によってでなければ」（五九行目）以下の限定条件は、この「普遍なる死の奔流」が決して抵抗不可能なものではないことを示唆するものであると同時に、さらに「それには　このように逆戻りして　自らの上に跳び乗る力があり……」（六二行目）以下にみられるベルグソン流の生命活動の創造性に関するポジティヴな見解を打ち出すための先鞭ともなっているのです。なお、この限定条件を述べたくだりのなかの「回避」

（"a swerving" 六〇行目）という言葉は、いうまでもなくルクレティウスが『事物の本性について』第二巻二一六–九三行目において再三繰り返している、アトムの運動に関する部分を念頭に置いたものです。参考までにその冒頭部分を引用しておきます。

……粒子（アトム）が空虚をとおってまっすぐにそれ自身の重さのために下に向って進むとき、時刻も全く確定せず場所も確定しないがごくわずか、その進路から、外れることである。少なくとも運動の向きがかわったといえるほどに。もし外《そ》れないとしたら、すべての粒子（アトム）は下に向かって、ちょうど雨滴のように、深い空虚を通っておちてゆき、元素（アトム）の衝突もおこらず、衝撃も生ぜずこうして自然は何ものをも生みださなかったであろうに。

（二一七–二二四行、傍点筆者）

自然の様々な生成変化をアトムのこうした運動のなかに捉えようとするルクレティウス流の機械論に不信を抱くフレッドは、むしろ「逆戻り」（"a throwing back"）という比喩に含まれるベルグソンの生命哲学に自己の思索の活路を見出していくことになります。ここにある「ある奇妙な抵抗」としての「逆戻り」とは、まさにベルグソンの「生命のはずみ」と同義語といってもよいでしょう。生命進化のメカニズムを専ら物理的、化学的な原因の複雑な組みあわせのなかに解明しようとする当時のダーウィニズムに飽き足らなかったベルグソンは、そうした無味乾燥な機械論的生命観に対して、生命の最深部にある本能的、心理的、直観的、官能的な意思の力としての「生命の根源のはずみ」[15]という概念を打ち出すことによって進化における精神的要因の重要性を説こうとしたわけですが、それは同時に近代科学という巨大な知性の下位に置かれるようになった直観（ないしは本能）に本来あるべき対等な立場を与え、さらにはこの両者の合一を図ろうとする努力でもあったのです。

> 直観と知性は意識作業のむかう相反する二方向をあらわす。直観は生命の方向そのままにあゆむのに、知性は逆の方向にすすみ、したがって物質の運動とごく自然に調子があう。……私どもを成員とする人類では直観はほぼ完全に知性の犠牲になっている。意識は物質を征服し、それからひるがえって自己支配にもどるために、自分の最上の力をつかいきらなければならなかったらしい。……つまり、いっそう知性らしくなる方向に自己決定をしなければならなかった。それにもかかわらず直観は、ぼんやりとして、ことに非連続的でありながら、りっぱにある。それは消えなんとする燈火であり、間遠にそれもほんの数瞬間あかるさを取りもどすにすぎぬ。しかし要するに命がけの関心のはたらいているところでは直観は勢いをもりかえす。私たちの人格、私たちの

自由、私たちが全世界で占める位置、私たちの起源、そしてまたたぶん私たちの運命など、それらのものの上に直観はかすかなゆらめく光を投げかける。そんな光にでも、知性によって置きざりにされた私たちの夜の闇をとおす力はある。

（『創造的進化』三一五－一六頁、傍点筆者）

こうしたベルグソンの思想に深い感銘を受けたフロストは、ここにいたってフレッドの口を借りて、自己の思いの丈を語っていくことになるのです。とくに、「それには　このように逆戻りして自らの上に跳び乗る力があり／そうして　そのほぼ全体の落下運動が　いつも／少し持ちあげたり　少し引きあげたりする」（六二－四行目）というイメージからは、ベルグソンの「生命は落下する錘を持ちあげる努力のようなものである」[16]とか「生命には物質のくだる坂をのぼろうとする努力がある」[17]といった表現との極めて強い思想的関連性が伝わってきます。そして、最後にフレッドは「生命のはずみ」ともいうべきこの「逆戻り」の力を、下降落下に対する上昇（引きあげ）運動（"sending up"）、「源に向かっていく　この遡行運動」（"backward motion toward the source"七〇行目）などのイメージに置き換えながら、時間や物質性を超越する根源的生命のダイナミズムを歌いあげてゆくことになります。それはまさに「生命のはかり知れぬ大きな貯蔵所からたえず噴流がとびだしているはずで、噴流は落下しながらそれぞれにひとつの世界をつくっている。

その世界の内部で現存種のおこなう進化はそうした原噴流のはじめの方向が一部分そのまま保たれたもの、物質性と逆の方向にはたらきつづける衝力の残されたものを現す」[18]あるいは「生命ははじめてそれを世界に投げこんだ原衝力までもふくめて、その総体が物質の下降運動にさからわれつつ上昇する波となって直観哲学に現われることであろう」[19]と語るベルグソンの生命哲学からの直接的な影響が読みとれる部分でしょう。以上が、この作品の核心となる比較的長い、フレッドの語りの部分ですが、その抽象的、観念的色合いの濃い晦渋な内容にもかかわらず、ここには彼の生命に対する深い思いが秘められていることが看取できるでしょう。ただ、最初に少し触れておいたとおり、この観念性、抽象性は、ともすればこの種の夫婦間の対話に不自然な雰囲気を与えることになりかねないわけですが、あえてその危険を犯してまでフロストがこうした内容に極めてドメスティックな対話詩というフォルムを与えることになったのは、実はベルグソン哲学の根底にある知性と本能（直観）の合一という基本姿勢を、男（＝知性）と女（＝本能、直観）の婚姻関係という構図に置き換えようという狙いが彼の心のなかにあったからではないでしょうか。このあとふたりが交わすやり取りには、フロストのこうした詩的、哲学的策意を匂わせるような響きが漂っているように思えてなりません。互いに満たされた思いを抱きながら、「西に流れる川」を前にして、長い人生のなかのこの一日をどういう記念日にしようかという思いやり深い対話が交わされるわけですが、最後に妻が語る台詞「今日は　あなたがそういうことを語った／記念日になるでしょう」（七三‐四行目）のなかには、ふたりの心の結びつきの強さに対する確信が潜んでいることがわかります。これはまさに知性と本能の合一＝結婚を象徴的にイメージ化した光景とみることができるのではないでしょうか。

Ⅲ

フロストの哲学的対話詩「西に流れる川」の内容を辿りながら、そこに記された彼の思想的背骨を形成している幾つかの問題について考えてきましたが、もちろんこの作品がベルグソン哲学の単なる引き写しにすぎないものだとことさら主張するつもりは毛頭ありません。むしろ、ここで展開されているベルグソン流の思想は、フロストが目指す詩の方向性を示すための一種の詩的媒体であり、大いなる比喩あるいは寓意であるといったほうがよいかもしれません。自己の存在理由を求めて詩人の道を歩み始めて以来、ベルグソンの思想に感化されながらも、さらに様々な曲折や危機を乗り越えて手探りのうちに経験的に獲得しえた彼固有の思考の体系化でもあったのでしょう。

激動する二〇世紀前半の社会にあって、文壇においても多くの作家たちは、自己のアイデンティティを求めて様々な社会的、文学的活動を繰り広げていましたが、今振り返ってみれば、繁栄と退廃、自信と不安、夢と幻滅が半ば相拮抗するこの二〇年代の主流は、やはり広い意味での内外のモダニズムの洗礼を受けた作家たちであったことは間違いないでしょう。そうしたなかで、フロストはどの流派にも属することなく、自らの信ずるままに創作活動に専念していくことになるのですが、もちろん周りの情勢がまったく気にならないはずはなく、とくに英国時代以来エリオット（T. S. Eliot）、パウンド（Ezra Pound）の動向をかなり意識していました。また国内にあってはシカゴを拠点とするサンドバーグ（Carl Sandburg）らの新詩運動に対して強いライバル意識を抱いていたようです。このような状況のもとで、自己の立場を明らかにするためにも、当時のフロストには今まで以上に確たる思想的指針が必要だったのかもしれません。前詩集『ニューハンプシャー』でローカルな素材を活かしてアメリカのひとつの原型的なイメージともいうべき世界を描くことで、合衆国詩人としての地位を確かなものとした彼は、さらにこの『西に流れる川』にいたって、『少年の心』以来ここにきて再び自己の内面に目を移行させながら、自らの詩作活動に思想的肉づけを施す必要を強く感じていたのではないでしょうか。この詩集に多くの抒情詩が収められ、それらのいずれもが、「受容」や「夜に親しんで」にみられるとおり、極めてストイックな宗教意識に支えられた彼の現実認識の在り方を示す内省的傾向の強いものとなっていることや、さらにはこの「西に流れる川」がいわばこの詩集の中心的作品として彼の思想＝詩想をもっとも雄弁に物語っているといったことなどから、いかに当時の彼が詩人としての立場に強い自覚と認識を持とうと模索していたかがうかがい知れるのです。その意味で、この「西に流れる川」は知性と直観（本能、感性）の合一から生まれる、あの「超知性」なるものを追い求めようとする彼の一種のポエティック・マニフェストのひとつだといっても過言ではないでしょう。

【注】

（1）Jean Gould, *Robert Frost: The Aim Was Song* (New York: Dodd, Mead & Co., 1964), p. 205.

（2）1. *Robert Frost: The Early Years, 1874-1915* (NY: Holt, Rinehart & Winston, Inc., 1966). 2. *Robert Frost: The Years of Triumph, 1915-1938* (London: Jonathan Cape Ltd., 1971). 3. *Robert Frost: The Later Years, 1938-19163* (NY: Holt, Rinehart & Winston, Inc., 1976). なお、3はL・トンプスンの遺稿を教え子のR・H・ウィニックが整理、加筆して出版したもの。

（3）Lawrance Thompson, *Robert Frost: The Years of Triumph, 1915-1938*, pp. 298-304.

（4）ジョン・F・リネン『ロバート・フロストの牧歌の技法』（藤本雅樹訳、晃洋書房、二〇一九年）、九七頁。

（5）サンドラ・L・キャッツ『エリノア・フロスト――ある詩人の妻』（藤本雅樹訳、晃洋書房、二〇一七年）、四六頁。
（6）ラルフ・ウォルドー・エマソン『エマソン論文集（上）』（酒本雅之訳、岩波文庫、一九七二年）、五九頁。
（7）Louis Untermeyer (ed.), *The Letters of Robert Frost to Louis Untermeyer* (New York: Ho1t, Rinehart & Winston, Inc., 1963), p. 47.
（8）Lawrance Thompson (eds), *Selected Letters of Robert Frost* (NY: Holt, Rinehart and Winston, Inc., 1964), p.435.
（9）Thompson, *The Years of Triumph*., p. 300, p.624.
（10）*ibid*., p. 301.
（11）Dorothy Judd Hall, *Robert Frost: Contours of Belief* (Ohio: 0hio Univ. Press, 1984), p. 89.
（12）ティトゥス・ルクレティウス・カルス『事物の本性について――宇宙論』（世界古典文学全集、第二一巻、藤沢令夫・岩田義一訳、筑摩書房、昭和四〇年六月十日）、第一巻一五〇行目。
（13）『前掲書』第一巻、二一五–一六行目。
（14）アンリ＝ルイス・ベルグソン『創造的進化』（真方敬道訳、東京、岩波書店、一九八五年一月一〇日）、三一三頁。
（15）『前掲書』、一一七頁
（16）『前掲書』、二九二頁。
（17）『前掲書』、二九一頁。
（18）『前掲書』、二九三頁。

(19)『前掲書』、三一七頁。

＊本書は、二〇二二年一〇月に業界を退かれた国文社より二〇〇三年に上梓した『西に流れる川』の解説書に大幅な修訂を加え、装いも新たに詩集として再構成したものです。

訳者あとがき

ここに訳出した『西に流れる川』（*West-Running Brook*）は、アメリカの国民的詩人ロバート・フロストの第五番目の詩集です。テキストには、一九二八年にヘンリー・ホルト社から上梓された初版単行本を、補遺に加えた三篇の詩については、第一詩集『少年の心』（*A Boy's Will*）から『西に流れる川』までを収録した一九三〇年の『ロバート・フロスト詩集』（*Collected Poems of Robert Frost*. NY: Henry Holt and Company, 1930）をそれぞれ使用しました。

『西に流れる川』について改めて今思うことは、ここで取り上げられている数々の古くて新しいテーマに彼がどのように向き合っていたかという点です。自然、社会、暴力、戦争、死、詩人としての在り方、新たな詩の創造などなど、これまでに彼が向き合ってきた問題の多くがこの詩集に集約されているように思えてならないのです。ただし、『西に流れる川』は、前作『ニューハンプシャー』から五年の時を経て登場してきたとき、必ずしも好意的に受け入れられたわけではありませんでした。抒情詩が中心となっていることから、第一詩集『少年の心』と比較され、「春の水たまり」のような一部の作品を例外として、多くは評論家や読者の期待を超えるものではないとの見方が優勢であったようです。しかし、この空白の五年間が、フロストにとって詩人としての新たな一歩を踏み出すための試練に満ちた精神的彷徨の期間、覚醒の期間であったことを知れば、その評価の方向も大きく変わってくるでしょう。その点については先の小論でも少し触れておきましたので、改めて繰り返すことは控えておきます。それに代えて印象的なフロストの言葉を最後に紹介させていただきます。それは、「詩が作る形象」（"The Figure A Poem Makes," 1939）のなかの「詩は喜びに始まり、知恵に終わる」という一節です。一見相反するかに思える「喜び」（＝感情）と「知恵」（＝理性）のふたつの要素も、実はその深奥では共通の根を有するものであるとするかのような彼の信念が、この第五詩集の各作品を通じて我々読者に提示されているのではないかと思うのです。

なお、本書の巻末には、蛇足ながら、注解としてやや詳しい作品解説を収録しましたが、それらはあくまで鑑賞のヒント程度のものでしかありません。したがって、読者諸賢の皆様には、訳者の私見にとらわれることなく、フロスト詩の世界を存分にご探訪いただけましたら幸いです。

最後になりましたが、『山間の地に暮らして』に引き続き、今回も本訳詩集の出版をお引き受けくださいました小鳥遊書房の高梨治氏にはお礼の言葉もありません。ここにお名前を記して謝辞とさせていただきます。

二〇二四年四月　藤本雅樹

【著者】
ロバート・フロスト
（Robert Frost, 1874-1963）

アメリカの国民的詩人。ニューイングランドの田園世界を舞台に、自然と人間社会の問題に目を向けながら数多くの名作を残したが、生誕地はサンフランシスコ。11 歳のときに父親が亡くなり、父方の故郷マサチューセッツ州ローレンスに移住。ローレンス高校時代に詩作を始める。ダートマス・カレッジに進学するが、1 学期で退学。エリノア・ホワイトと結婚。祖父の資金援助を受けデリーに農場を購入。高校教師を経て、1912 年 9 月、家族とともに渡英。『少年の心』、『ボストンの北』を相次いでロンドンで出版。エズラ・パウンドと出会う。1915 年 2 月 22 日に帰国した後、詩人としての評価を得て、詩作に専念。アマースト・カレッジをはじめいくつかの大学から招聘され、在留詩人として教鞭をとる。1961 年 3 月 26 日、J･F･ケネディの大統領就任式典で「即座の贈り物」を朗読。1963 年 1 月 29 日、ボストンのブリガム病院で 88 年 10 ヵ月の生涯を閉じる。詩人の死を悼んで、全米各地で半旗が掲げられた。ピュリツァー賞（詩部門）を 4 度受賞。代表作、「石垣修理」、「林檎もぎをおえて」、「行かなかった道」、「ある老人の冬の夕べ」、「薪の山」、「大地の方へ」、「雪の夕べ森辺に佇んで」、「金色のままでいられるものは何もない」、「雇い人の死」、「埋葬」、「西に流れる川」などを含め、人口に膾炙した抒情詩や劇的物語詩、対話詩が多数ある。

【訳者】
藤本雅樹
（ふじもと　まさき）

1953 年、兵庫県に生まれる。神戸市在住。龍谷大学文学部名誉教授。
主な著書・訳書：『オレゴン・トレイル物語――開拓者の夢と現実』（共著、英宝社）、『黒船の行方――アメリカ文学と「日本」』（共著、英宝社）、『ロバート・フロスト詩集――山間の地に暮らして』（小鳥遊書房）、『ロバート・フロスト詩集――ニューハンプシャー』（春風社）、『ロバート・フロスト――哲学者詩人』（共訳、晃洋書房）、『エリノア・フロスト――ある詩人の妻』（晃洋書房）、『ロバート・フロストの牧歌の技法』（晃洋書房）ほか。

ロバート・フロスト詩集《ししゅう》
西《にし》に流《なが》れる川《かわ》

2024年5月10日　第1刷発行

【著者】
ロバート・フロスト
【訳者】
藤本雅樹

発行者：高梨 治
発行所：株式会社小鳥遊《たかなし》書房
〒102-0071　東京都千代田区富士見 1-7-6-5F
電話 03 (6265) 4910（代表）／FAX 03 (6265) 4902
https://www.tkns-shobou.co.jp
info@tkns-shobou.co.jp

装幀　鳴田小夜子（KOGUMA OFFICE）
印刷　モリモト印刷株式会社
製本　株式会社村上製本所

ISBN978-4-86780-043-0　C0098